ISMAEL
Ben Kaïzar,

OU LA DÉCOUVERTE
DU NOUVEAU MONDE,

ROMAN HISTORIQUE,

Par M. Ferdinand Denis,

AUTEUR DES

SCÈNES DE LA NATURE DES TROPIQUES

ET DE LEUR INFLUENCE SUR LA POÉSIE, ETC., ETC.,

D'ANDRÉ LE VOYAGEUR,

ET DU RÉSUMÉ

DE L'HISTOIRE LITTÉRAIRE DU PORTUGAL ET DU BRÉSIL,

ETC., ETC.

TOME PREMIER.

PARIS,

CHARLES GOSSELIN, LIBRAIRE

DE SON ALTESSE ROYALE MONSEIGNEUR LE DUC DE BORDEAUX,

RUE SAINT-GERMAIN-DES-PRÉS, N° 9.

M DCCC XXIX.

DE L'IMPRIMERIE DE LACHEVARDIERE.

ISMAEL

BEN KAÏZAR.

IMPRIMERIE DE LACHEVARDIERE,
RUE DU COLOMBIER, N° 30.

ISMAEL BEN KAÏZAR,

OU LA DÉCOUVERTE

DU

NOUVEAU MONDE.

ROMAN HISTORIQUE.

Par Ferdinand Denis.

Muy rebuelta esta Granada
En armas y fuego ardiendo.
ROMANCERO GENERAL.

Ainsi a dit l'Éternel, qui a dressé un chemin
dans la mer et un sentier parmi les eaux
impétueuses.   ESAÏE.

Quoiqu'ils soient depuis long-temps au milieu
de nous, ils conservent l'idée que je suis
descendu des Cieux, et ils le publient partout
où nous abordons.   CHRISTOPHE COLOMB.

TOME PREMIER.

Paris,

CHARLES GOSSELIN, LIBRAIRE

DE SON ALTESSE ROYALE MONSEIGNEUR LE DUC DE BORDEAUX,
RUE SAINT-GERMAIN-DES-PRÉS, N° 9.
M DCCC XXIX.

AVANT-PROPOS.

Mon intention n'est pas d'expliquer longuement pourquoi j'ai adopté un sujet qui a été si souvent traité : nous sommes dans un temps où les vieux sujets rajeunissent. Il m'importait seulement de prévenir le lecteur que ce n'était pas l'ouvrage de M. Washington-Irving qui avait fait naître l'idée de celui-ci. Il y a long-temps que j'avais puisé aux mêmes sources que lui, avec l'intention de peindre, dans le récit d'un grand évènement, ce qui ne pouvait pas être retracé par l'historien, car le roman de nos jours a sa mission comme l'histoire a la sienne : elle est presque aussi complète et presque aussi belle.

1.

a*

Las Casas, Oviedo, Fernand Colomb, Pierre Martyr, Benzoni, Herrera, Charlevoix, Bossi, Sportono, Muñoz, et d'autres auteurs que l'écrivain américain paraît avoir peu consultés, tels que Thevet, Moreau de Saint-Méry, Rochefort, le Père Dutertre, Du Montel, Pelleprat, De Laborde, Ligon, Bryan Edwards; tous ces voyageurs, plus ou moins consciencieux, plus ou moins dominés par l'esprit de leur siècle et de leur pays, renfermaient depuis longues années, sur la découverte du Nouveau Monde ou sur les anciens habitans d'Haïti et des îles voisines, des faits ignorés, des couleurs vives et animées que négligeaient l'historien et, ce qui est plus fâcheux encore, le poète.

Il faut avouer qu'à tous ces faits il est venu s'en joindre d'autres plus

précieux que tous ceux que j'ai cités,
et parfaitement inconnus jusqu'à ce
jour, ce sont ceux qui ont été donnés
par M. de Navarrete : c'est ce savant,
à coup sûr, qui nous a fourni les ren-
seignemens les plus vrais et les plus
curieux sur Colomb, puisque ce sont
les écrits de Colomb lui-même ou ceux
de ses contemporains.

C'est là que l'on voit comment il
mit « à gagner le Nouveau Monde au-
» tant d'ardeur qu'il en eût mis à ga-
» gner le Paradis » ; c'est là qu'on le
voit mu, avant toute chose, par une
pensée forte comme lui - même; c'est
encore là qu'on peut acquérir la certitude que ce sublime rêveur voulait
aller planter l'étendard de Castille sur
le saint Sépulcre, après avoir découvert le Cathai, ou, si on l'aime mieux,
la Chine. Et ne nous étonnons pas
qu'avec de telles idées il ait été

quelquefois grand poète dans ses expressions : c'est un homme à la manière du Dante, mais agissant au lieu
d'écrire. Il est même peut-être bon
de le rappeler : un de nos vieux voyageurs français, Thevet, qui avait eu
occasion de causer avec des marins
faisant partie de ses expéditions, Thevet dit que l'Amiral n'était pas très
expérimenté aux choses de marine.

M. de Navarrete, en continuant
ses belles publications, rend un service immense non seulement aux historiens, mais, ce qui flattera certai-
nement moins sa sévère érudition, il
en rend un bien réel aux poètes et
aux romanciers. N'est-ce point une
chose merveilleuse que de voir ces
temps, qui sont presque devenus hé-
roïques pour nous, reprendre toute
leur âpre énergie, leur grandeur dans
le fanatisme, leur grâce forte et che-

valeresque? C'est ce qui arrive quand on laisse enfin parler les acteurs d'un grand drame, qu'on a forcés à se taire pendant plus de trois cents ans.

Si, en essayant de peindre la découverte du Nouveau Monde, on ne s'était senti frappé que de la grande pensée et du grand résultat, on aurait vu d'une manière bien incomplète un tel sujet.

La première pensée de Colomb fut presque une erreur, et cependant ce fut réellement la cause de sa découverte: il s'était imaginé que l'Inde se prolongeait à l'Est plus qu'elle ne s'étend véritablement dans cette direction, son intention était toujours d'aller aborder aux villes pompeuses décrites par Marco-Polo. Il cherche toujours le grand Khan de Tartarie en Amérique; et, bien mieux, quand il est arrivé à l'embouchure de l'Orénoque, il croit être parvenu au Paradis terrestre. Des voix mystérieuses et divines lui parlent dans l'adversité. Au milieu de tout cela, c'est le plus grand homme de deux grands siècles, seulement il faut le voir comme il était et non comme un homme de notre temps.

L'époque où paraît Colomb est grande comme lui - même; elle offre tous les genres de poésie. Grenade, cette ville de pompe et de chevalerie, fait un dernier effort pour conserver son antique gloire, et elle tombe sous quelques coups de lance... Les barrières de l'Océan étant rompues, selon les expressions de Colomb lui-même, deux peuples sauvages apparaissent, différens de mœurs et de caractère; l'un est doux, poétique, amant du plaisir, facile à subjuguer comme les peuplades qu'on a récemment découvertes dans la mer du Sud : ce sont les habitans d'Haïti, qui ont complétement disparu de la terre; l'autre est indomptable, rusé, féroce : c'est le peuple de Caniba, ce sont ces terribles Caraïbes des îles, anéantis un peu plus tard que les innocens insulaires de Saint-Domingue. Quelquefois ces deux peuples se confondent quand l'un subjugue l'autre; ils sont également poétiques, la nature qui les environne l'est comme eux. Je l'ai admirée sur le continent américain, mais sans jamais pouvoir peindre sa magnificence et sa beauté!

Je n'ai pu choisir que quelques personnages de ce grand drame, que devait dominer un seul homme; mais aucune époque ne présente une telle variété de caractères. La gracieuse noblesse d'Isabelle, l'exaltation ferme de Colomb, le dévouement sublime de Las Casas, sont les lumières d'un tableau où le sang ne cesse de couler, que ce soit dans l'ancien ou dans le nouveau monde.

Je rappellerai ici que la fiction n'aurait peut-être pas été si loin que la vérité : l'amour d'une Indienne pour un Européen a pu être l'amour d'une mortelle pour un Dieu. Les témoignages de ce fait ne manquent pas ; et Colomb lui-même nous répète qu'il y a déjà long-temps que les Indiens les voient, et qu'ils les prennent toujours pour des êtres descendus du ciel.

ISMAEL
BEN KAÏZAR.

CHAPITRE PREMIER.

L'an 1474.

Il était nuit : un homme méditait dans le silence; ses regards se portaient tour à tour vers le ciel et sur des livres épars devant lui. Après un moment de réflexion profonde, il dit : Marco-Polo a raison, l'Inde doit s'étendre à l'est. Et il regarda encore les étoiles qui brillaient au firmament, comme s'il leur eût demandé un grand secret. Tout-à-coup le compas qu'il tenait s'échappa de ses mains; il s'écria : Oui, la terre est plus grande que ne le dit Ptolémée... Cet homme découvrait le Nouveau Monde.

Ceci se passait en 1474, dans une maison de Gênes qui s'élevait humblement près des palais de marbre, où un luxe inconnu dans le reste de l'Europe attestait le commerce que cette ville faisait avec les contrées les plus reculées de l'Orient. Cette maison semblait presque une masure ; celui qui l'occupait avec son père était pauvre ; c'était Colomb, revenu depuis peu de la Grèce. Il avait placé le cabinet où il aimait à se livrer à ses méditations à l'étage le plus élevé, dans un endroit découvert. De là il pouvait contempler à son gré le ciel, les grands édifices de Gênes et la mer.

Quelques peintures du Cimabué ornaient ce lieu de travail. On voyait épars sur des tablettes, Dante, Ptolémée, Platon, Marco-Polo, Rubruquis ; placé dans un coin et comme gardien du séjour de la science, un crocodile, apporté des bords du Nil, ouvrait sa gueule béante etlaissait voir une effroyable rangée de dents. Près de lui, un énorme pélican étendait ses ailes immobiles. L'artisan industrieux qui l'avait empaillé lui avait donné cette attitude poétique où l'oiseau se perce le sein pour nourrir ses petits, emblème qu'on affectionnait alors. Mais ce qui frappait surtout les regards dans cette enceinte, c'était une carte immense que Colomb avait dessinée lui-même, d'après le système de Saïd-Alaïm, et où il avait marqué les découvertes faites récemment par ses compatriotes et par les Portugais. Le monde n'y était pas représenté par une sphère : c'était un demi cercle divisé en plusieurs zones, et sur lequel on voyait figurer des fleuves et des montagnes, qui depuis ont suivi une toute autre direction, inconvénient auquel on est encore sujet de nos jours, et surtout quand il plaît aux géographes de faire des découvertes sans sortir de leur cabinet. Sur cette carte, Madère et les Canaries étaient placées comme les bornes de l'Ancien Monde. Puis, dans un vaste espace vide, on voyait une main noire sortant des eaux, image fantastique que les Arabes employaient souvent, comme pour indiquer que le malin esprit saisissait de sa main puissante ceux qui s'engageaient dans des mers inconnues.

C'était dans ce lieu, faiblement éclairé par une lampe suspendue au plafond, que le pauvre Italien discutait en lui-même une question qui allait changer l'aspect de l'univers.

— Oui, dit-il en s'approchant de la carte où l'Inde et la Chine, qu'on appelait alors le Cathay, étaient figurées très grossièrement, il est impossible qu'il n'y ait pas équilibre dans le monde. L'Inde se prolonge dans ce grand espace vide.

Et il s'assit, puis tomba dans ce repos

morne, silencieux, qui succède aux élans
du génie, car il venait de sentir plus inti-
me en lui la pensée qui devait pendant
tant d'années, et comme un feu caché,
dévorer son âme.

Pendant quelque temps il n'entendit pas
plusieurs coups assez fortement répétés
qu'on frappait à la porte de son cabinet.
Enfin il répondit à la voix qui lui parlait :
c'était celle de sa jeune sœur qui lui criait
que le souper était depuis long-temps servi,
et qu'on l'attendait.

Il descendit dans une salle basse, mal
éclairée, où une table avait été dressée
pour le repas du soir. On voyait çà et là
des outils de cardeur qui n'avaient pas
encore été rangés ; plusieurs grands sacs
remplis de laine étaient appuyés contre les
murailles : quelques arquebuses à mèche
suspendues au-dessus des fenêtres, deux
ou trois cartes de géographie remarqua-
blement dessinées pour l'époque, une fi-

gure de Madone assez bien peinte , déco-
raient la salle, où étaient réunies en ce
moment six personnes de la même famille,
qui se disposaient à se mettre à table. On
remarquait, assis, dans un grand fauteuil,
un vieillard pour lequel tout le monde
semblait avoir un profond respect.

— Eh bien ! Christophe, dit-il en voyant
entrer son fils , tu te fais bien attendre aujourd'hui : as-tu assez rêvé ?

— J'ai beaucoup rêvé , mon père , dit
celui-ci avec une sorte de préoccupation, et
comme s'il répondait plutôt au son des paroles qu'on lui adressait qu'à la question elle-
même; et, avant de prendre la place qui lui
était destinée, il alla jeter un coup d'œil sur
une des cartes qu'on voyait dans la chambre.

Et, en venant s'asseoir, il ajouta : —Oui,
j'ai rêvé, et j'aurai long-temps encore à rê-
ver ainsi.

— Et dis-nous , mon bon Christophe ,
pendant qu'on sert la polenta, qu'est-ce

qui t'a remué le cerveau aujourd'hui, qu'est-ce qui te donne cette figure pensive. Le jeune homme expliqua naïvement quelle était sa pensée, et sur quoi il la fondait.

Un léger sourire parut sur deux ou trois visages ; mais le vieillard se contenta de hausser les épaules, et il dit :

— Christophe, mon brave Christophe, ce n'était guère la peine, à moi, pauvre cardeur, de dépenser tant d'argent pour te faire étudier à Pavie, si nous devions voir tant de rêveries sortir de ta pauvre tête. Va, va, mon enfant, mange et inquiète-toi moins de la grandeur de la terre. Puisque tu n'as pu réussir dans tes voyages, il te vaudrait mieux apprendre un bon état, capable de nourrir son homme, que de persévérer dans ton désir de courir le monde. Mais vous avez tous je ne sais quelles idées ici, et il n'y a pas jusqu'à Giacomo qui veut devenir clerc. Et en parlant ainsi, la physionomie du vieillard avait pris quelque

chose de plus gai. Il ajouta en riant : —
Christophe, lui, veut les grandes dignités de
Gênes ; mais sais-tu bien que tu ne serais
pas le premier amiral de la famille? Il y a
eu des Colombo... Oh ! nous sommes bien
tombés depuis !... La figure du vieillard
prit une expression de tristesse et de découragement..., Pas de ces idées, Christophe, pas de ces idées, mon enfant : c'est
tenter Dieu.

— Mon père , c'est où sont toutes choses, c'est dans les livres saints que je les
trouve.

— Rappelle-toi combien ta mère était
tourmentée du caractère inquiet et sérieux
que tu montrais dès l'enfance. La pauvre
femme ! elle aurait mieux aimé vous voir
carder joyeusement de la laine , que de
vous entendre , comme des clercs , lisant
toujours.

— Les clercs eux-mêmes en savent moins
que Christophe , dit Barthélemy, et je ne

vois pas pourquoi, quand les Marco-Polo et les Zeni ont trouvé tant de terres nouvelles, il n'en trouverait pas à son tour? Oh! s'il ne fallait qu'un bras pour exécuter ce que pense sa tête!...

— Des bras et des cœurs, je les ai ici, frères; ce sont des sequins qu'il faut, de l'or, entendez-vous : et si j'en avais, je le donnerais à notre bon père.

— Il en faut beaucoup pour de telles pensées.

— Demande aux rois, Christophe; c'est un projet de roi, mon frère.

— Dites-lui plutôt, enfans, qu'il essaie de dormir paisiblement, reprit le vieillard; ces veilles le tuent. Écoutez, mes fils, je suis las de ma journée, moi; mes vieux bras travaillent, tandis que vos jeunes têtes bouillonnent. Bonsoir, enfans. Dors, Christophe, dors, et ne songe plus à ces folies. En achevant ces mots, le vieillard s'agenouilla devant l'image de la Vierge;

il y pria quelque temps, en s'interrompant
plus d'une fois pour regarder ses enfans.
Quand sa prière fut achevée, il se retira
dans une petite chambre peu éloignée de
la salle commune. Colomb prit sa place aux
pieds de la Madone; il y pria long-temps et
dans un profond recueillement. Ses frères
et sa sœur prièrent un moment avec lui,
et ils se retirèrent, la jeune fille lui disant :—Bon Christophe, qu'as-tu donc tant
à demander à Dieu? Je ne lui ai demandé
qu'une chose, moi, c'est que tu sois plus
tranquille. Et son vieux père, qui l'entendait demeurer si long-temps en oraison,
lui criait : — Va dormir, Christophe, va
dormir, mon enfant.

Mais il ne pouvait plus dormir; il lui
fallait un monde pour qu'il pût reposer,
et quelques jours après il alla demander
un peu d'or aux rois.

Pendant bien des années, il erra, et vous
allez le revoir.

CHAPITRE II.

Le libraire cosmographe.

A l'extrémité de la belle rue Saint-Gé-
ronimo, qui traversait Gênes dans presque toute son étendue, on voyait, vers
la fin du quinzième siècle, une maison
peu élevée qui contrastait par sa misé-
rable apparence avec les palais de marbre dont elle était entourée. Un astro-
labe placé au-dessus de la porte montrait
que c'était l'habitation d'un cosmographe,
comme on disait alors; et l'image grossièrement façonnée d'une Bible, quelques animaux empaillés apportés de l'O-
rient, indiquaient qu'on pouvait trouver

dans ce lieu les livres qui traitaient des sciences naissantes, et que leur extrême rareté rendait alors si précieux.

En entrant sous un vestibule tapissé de cartes marines, rangées avec assez peu d'ordre, on pénétrait dans une grande chambre remplie de livres et de manuscrits. Un homme d'un âge peu avancé, mais auquel l'habitude d'une réflexion profonde avait donné une singulière expression de méditation et de préoccupation active, s'occupait à les ranger sur des tablettes. Il prenait des notes en les inscrivant, et répondait de temps à autre à deux vieillards qui consultaient quelques volumes, et qui l'interrogeaient sur leur prix toutes les fois qu'il interrompait son travail. Rien n'annonçait, du reste, que la fortune l'eût favorisé dans ce genre de commerce; ses vêtemens, propres, mais usés, indiquaient au contraire un état voisin de l'indigence. Absorbé par ses propres pensées, il semblait ne prêter qu'une faible attention à ce que disaient les deux étrangers, qui causaient tous deux avec une extrême chaleur, et il arrivait souvent qu'au lieu de placer sur des tablettes le livre qu'il tenait à la main, il l'ouvrait et en feuilletait rapidement les pages. Une fois il dit : — L'homme inspiré de Dieu ne peut se tromper, la prophétie est claire, Isaïe l'annonce... Puis il ajouta : Tout ceci est bien vague ; je consulterai Marin de Tyr. Et il retomba dans une rêverie profonde. Il en fut tiré par une question que lui fit un des graves personnages qui se trouvaient dans le magasin.

— Maître Colomb, combien voulez-vous vendre ce Ptolémée dont les attaches de cuivre sont rompues, et qui semble plus usé encore par le travail que par le temps ?

— Seigneur Pazzi, répondit le libraire après avoir examiné quelque temps le vo-

lume avec une sorte d'affection toute paternelle, et en faisant un prompt mouvement, comme s'il eût craint de le voir
passer dans les mains de celui qui le lui
demandait : Seigneur Pazzi, je ne puis
vendre un Ptolémée de Jacques Angel de
Scarpiaria. Et il mit le volume à part
parmi d'autres ouvrages rassemblés en désordre, mais vers lesquels il portait de
temps à autre un regard de tendresse.

— Maître, lui dit l'autre personnage
dont la physionomie enjouée indiquait
une sorte de disposition à la raillerie,
vous êtes un étrange libraire : tout à
l'heure je vous ai demandé le prix de Dante
Alighieri, et le volume a passé dans cet
énorme monceau de livres, sans que vous
ayez songé à me répondre.

— Quand on comprend Dante Alighieri
on ne le vend pas, dit froidement le maître
du magasin.

— Vous ne ferez pas fortune ainsi.

— Je resterai pauvre, mais je garderai
Ptolémée et Alighieri.

En ce moment un troisième interlocu-
teur vint se mêler à la conversation ; mais
Colomb remonta sur son échelle, et continua en silence, tantôt à ranger quelques
livres, tantôt à en lire des passages qui
semblaient captiver singulièrement son
attention.

L'homme qui venait d'entrer n'était pas
encore parvenu à l'hiver de la vie ; mais sa
figure était pâle, et elle portait l'empreinte
d'une vague exaltation plutôt que celle
d'une méditation féconde ; cependant on
sentait qu'un étrange travail de l'imagina-
tion animait ses regards : tantôt ils étaient
éteints, tantôt ils brillaient d'une curiosité vive plutôt qu'ardente, et leur
expression bizarre s'éteignait tout-à-coup
pour faire place à un repos plein de bon-
homie. A sa large robe de velours violet,
à sa toque fourrée d'hermine, il était aisé

de voir qu'il occupait un rang important
dans Gênes, et que c'était un de ces citoyens que dans la république on estimait
à l'égal des princes. Les deux personnages
qui se trouvaient dans le magasin s'inclinè-
rent avec une espèce de déférence devant
lui ; et comme le libraire continuait sa lecture, il écouta quelque temps la conversation de ces deux étrangers : elle roulait sur
quelques points littéraires qui, fort em-
brouillés au quinzième siècle, ne sont
guère devenus plus clairs au dix-neu-
vième. Il s'agissait de la supériorité des
anciens sur les modernes ; disputes re-
nouvelées souvent alors, et que Dante
et Pétrarque alimentaient fréquemment.
Le noble Gênois écouta quelque temps,
sans beaucoup d'intérêt, cette conversation, et il demanda un Raimond Lulle au
marchand, qui cette fois lui présenta le
livre sans regret, et une faible rougeur
colora les joues pâles du sénateur, comme

s'il eût craint qu'on ne devinât l'intention avec laquelle il avait acheté ce savant à la vie aventureuse, qu'on croyait alors un grand homme, et qui n'est pour nous qu'un rêveur.

Cet homme était tout simplement, comme on en voyait tant alors, un adepte des sciences occultes, lisant beaucoup de livres arabes, et n'en cherchant que le merveilleux, en dédaignant ce qu'il y avait de vrai dans leur science confuse.

— Maître, dit-il en prenant Colomb à part, nous parlions encore hier, deux sénateurs et moi, de vos idées tant soit peu étranges, soit dit sans vous fâcher, sur la grandeur de la terre, et ils sont convenus qu'il pouvait y avoir du bon là-dedans, comme dans mes idées sur le grand-œuvre, si bien connu, quoi qu'on en dise, de Nicolas Flamel et de sa vénérable épouse, de même que votre monde était connu de Platon. Eh! que ne vous adressez-vous au Roi

I. I.

de Portugal? Malgré tout ce que j'ai pu
dire, Gênes décidément rejette vos projets.
Allez à Lisbonne, Maître; allez vers le
Roi Alphonse : il a de l'argent et des
vaisseaux, lui, et il fait sans cesse de nouvelles découvertes le long des côtes d'A-
frique.

— Lui! ce Roi sans foi et sans honte!
dit Christophe Colomb avec l'expression
d'une indignation profonde, amère. Lui,
me servir de son or, quand il a voulu me
voler! Les barrières de l'Océan ont gardé
ma pensée. Il avait mes révélations, mes
papiers, ma science enfin; mais la persé-
vérance, qui dompte, qui subjugue, je l'ai
gardée; je l'ai gardée pour moi seul, ou
pour le monde. Et il appuya sur ces derniers mots avec une tranquille fermeté,
tel qu'il appartient de l'avoir au génie,
qui tient pour exécuté ce qui est seulement en son âme et en son cœur.

— Il est fou, réellement fou, ce pauvre

Christophe, dit un des premiers interlocuteurs en se penchant vers la personne qui était entrée avec lui. Vous avez donc bien à vous plaindre des Rois? continua-t-il en souriant.

— Des Rois et des Républiques, reprit Colomb. Mais celui qui me favorise n'est pas une puissance de la terre. Et il continua de ranger ses livres et de disposer ses cartes et ses manuscrits de cosmographie de manière à pouvoir en faire une vente générale le lendemain, comme il le déclara aux personnes qui étaient présentes. Les deux premiers arrivés ne tardèrent pas à s'éloigner, en lui promettant de revenir. Le Sénateur resta quelque temps encore :

— Écoutez, Maître, lui dit-il, si vous avez un Ebn Irah Mohamed complet, je viendrai voir à combien il montera. Mais dites-moi, vous qui avez tant voyagé, et qui voulez voyager jusqu'à ce que la mer vous manque, ajouta-t-il en souriant, ou

que la main noire de Satan se montre à vos
yeux comme sur les cartes d'Orient, est-ce
trop donner que d'acheter trente sequins
un Bezoard oriental qu'on me propose?
et pensez-vous que, pris en poudre, il
puisse faire braver toute espèce de venin?
Admirable panacée, en vérité; précieuse
entre toutes les merveilles de la Perse. C'est
celle dont notre Doge ferait le plus de cas,
et celle encore dont Médicis aurait donné
le plus d'argent. Et il ajouta ces mots à
voix basse, comme si un secret lui eût
échappé. J'ai encore une question à vous
faire, Maître Colomb : vous qui avez lu
probablement les Sept Regards du fidèle
sur la création, et la Clef d'or du Jardin
terrestre, que doit-on penser de cet
animal merveilleux que les anciens
nommaient le caméléopard, et qui vient
d'arriver à Florence? l'avez-vous vu en
Orient? êtes-vous certain, comme le
disent les livres arabes, qu'il soit né

de l'union bizarre du chameau , du lion
et du léopard ? Avez-vous été assez loin
pour voir la licorne et le caméléon,
qui change de couleur selon ses appé-
tits ou ses déplaisirs ? Avez-vous été à
même de contempler ce puissant condor ,
dont l'œuf ressemble au dôme d'une église ?
Enfin, avez-vous vu en Espagne ces hommes
marins qu'on a trouvés sur les bords de
l'Océan, mais qui n'ont pu faire connaître
ce qui se passait au fond de la mer, parcequ'ils étaient muets ? Est-il vrai aussi que
des hommes à tête de chien gardent les
cavernes où se trouve, dit-on, l'anneau de
Salomon ? Ah ! maître Christophe, si vous
aviez quelque livre qui pût éclaircir ce
mystère, je l'acheterais à coup sûr, et son
poids d'or.

Colomb lui affirma qu'il ne s'était jamais
occupé de ces merveilles.

— Tant pis, tant pis, Maître, reprit le
sénateur ; ceci est tout aussi important que

vos calculs astrologiques. Et il se retira en
lui promettant de revenir à la vente qui
devait se faire le lendemain.

D'autres personnes ne tardèrent pas à le
remplacer. Par ceux-ci, les livres étaient
regardés avec une stérile curiosité ; par
ceux-là avec un grand dédain. Les questions inutiles se succédaient, et Christophe
Colomb allait répondant aux uns et aux
autres avec une laconique simplicité. Il
était sur le point de fermer les portes de
son magasin, quand un homme portant
l'habit ecclésiastique entra. Son air était
grave, son front indiquait l'habitude de
la méditation ; Colomb descendit aussitôt de son échelle, alla à lui, lui serra
affectueusement la main, et lui dit :

—Eh! mon Dieu, Seigneur Lucio-Bellanti,
qu'êtes-vous venu faire ici, vous, l'ami
du grand Toscanelli ?

— Je suis venu, Seigneur Colomb, voir
un homme que j'estime autant que Tos-

canelli lui-même, et à qui je souhaite fortune et prospérité.

— Fortune et prospérité, ce ne sera pas dans Gênes sans doute que se réalisera votre souhait, reprit amèrement le pauvre libraire. Je pars, Seigneur Lucio, car le sénat de Gênes a rejeté mes pensées et mes plaintes, comme une mère sans tendresse, qui voit croître et souffrir un fils sans avoir nul souci de ses peines ou de ses joies.

— Et comment! Seigneur Colomb, Gênes a rejeté vos projets!

— Comme on rejette les paroles d'un fou en délire, comme on écrase un ver qui veut cesser de ramper! Doge, doge, ta conscience peut t'absoudre, mais peut-être que la postérité te flétrira un jour.

— Et vos excellens frères, Seigneur Colomb?

L'un gémit auprès de mon vieux père, qui est dans le besoin et sans argent ; mais de l'argent, il en aura bientôt, ces livres peut-être se vendront : l'autre est plus irrité que moi cent fois contre le sénat, et songe à aller en France et en Angleterre pour m'éviter sans doute de nouvelles humiliations, et surtout celle de m'entendre appeler fou, homme en délire. Barthélemy a une tête ardente pour lui, un cœur patient pour son frère : oh! que Dieu l'en récompense, puisque jamais je ne pourrai l'en récompenser, moi... moi qui ai cependant aussi une tête et un cœur !

— Le Seigneur Toscanelli, le plus grand physicien de l'Europe, ne l'ignore pas, Seigneur Colomb, et il est fâcheux qu'il soit si vieux et si impotent ; mais patience!

— Oui patience, patience, c'est le mot de ceux qui sont sans tourment. Patience! et la vieillesse vient... patience... et vos projets meurent; et au surplus, ayant toujours essayé auprès des hommes sans réussir, je vais m'adresser à une femme : les femmes comprennent quelquefois ce qui

tourmente un cœur, un cœur qui n'a eu
qu'une pensée. Oh! la mienne, qui a jeté
quelques beaux jours en ma triste vie, la
mère de mon petit Diego savait bien, elle,
ce qu'il y a dans une âme sans repos. Et
au surplus, ajouta-t-il en essuyant une
larme qui mouillait sa paupière, ne son-
geons pas au malheur passé; il y a pour
moi assez de malheurs présens; un vieux
père... et un jeune fils, une pensée
toujours là, ajouta-t-il en se frappant le
front, et que personne ne veut compren
dre; vous le voyez, Seigneur Lucio, cet
homme, qui ne devrait plus être un enfant,
ne peut se séparer de ses livres; tout à
l'heure, en ma mauvaise humeur, j'ai refusé de vendre ce qu'il faudra vendre demain; car je suis décidé à partir. Il me
semble qu'incessamment une voix me l'or-
donne, m'appelant homme lâche et sans
foi...., Seigneur Lucio, ce n'est pas ma
pensée que je demande aux Rois d'exécu-

ter, c'est l'ordre de Dieu. M'entendez-vous? l'ordre renfermé dans les livres saints.

— Eh bien ! Seigneur Colomb, puisque vous êtes décidé à partir, demain, moi et plusieurs clercs, nous viendrons acheter ces livres; mais, pour l'amour de Dieu, calmez-vous, prenez surtout quelque repos.

— Du repos, du repos, murmura Colomb, cela est facile à ceux qui sont toujours en calme. Et il parlait encore seul, quand Lucio Bellanti s'éloigna disant à voix basse : — Pauvre homme ! il faut bien caresser sa marotte, mais en vérité sa tête se perd.

Et quand il fut parti, et qu'avant de fermer les portes du magasin, le pauvre Christophe eut regardé l'énorme tas de livres qu'il avait mis à l'écart, il croisa tristement les bras et se prit à sourire amèrement, disant : — Je fais comme si je n'avais point un vieux père à sou-

lager dans sa misère, et comme si je devais toujours rester près de lui. Non, as-
surément, ce ne sera pas trop que de lui
abandonner le prix de tous mes livres;
une Bible et Messire Alighieri, voilà ce
qu'il me faut, tout cela sera vendu..., et
pour le reste, je m'en rapporterai à Dieu,
qui m'a donné les pensées qui sont en
mon âme, et qui me rongent. Oui,
décidément ils seront vendus... En achevant ces mots, il croisa de nouveau les
bras, fixa quelque temps ses regards sur
les livres qu'il avait mis de côté, puis il
se baissa machinalement et se mit à les ou-
vrir presque tous; et il lisait des uns les
titres, des autres quelques pages comme
un ami qui quitte des amis, disant un
mot affectueux à celui-ci, parlant plus
longuement à celui-là, mais ayant pour
tous un regard.

CHAPITRE III.

Le Maure.

Nous allons maintenant nous transporter à peu de distance, dans les jardins d'un palais voisin du sénat. A cette époque, quoique Gênes fût infiniment plus peuplée qu'elle ne l'est maintenant, et qu'il fût difficile d'employer de vastes espaces de terrain à la culture, quelques citoyens de l'opulente cité consacraient des sommes considérables à l'embellissement des jardins qui ornaient leurs habitations. Là on voyait, dès le milieu du quinzième siècle, les fruits de l'Asie, inconnus aux autres parties de l'Europe. Les Romains

avaient acclimaté plusieurs arbres précieux que les Barbares avaient laissé périr;
mais Gênes les rassemblait de nouveau.
Sous son climat, l'abricot d'Arménie fleu-
rissait à côté du pommier du nord et de
l'oranger de la Sicile. Les Rois de Perse
avaient envoyé aux Doges quelques uns
de ces pêchers dont le fruit est devenu
si doux et si parfumé dans les terres fertiles de la France, mais que l'on y con-
naissait à peine alors.

Le jour baissait, deux jeunes filles se
promenaient dans un de ces jardins dont
les plantes rares de l'Asie faisaient le plus
bel ornement, et où des fleurs soigneusement cultivées entouraient de vastes bas-
sins de marbre, décorés aussi par quelques antiques statues que le goût naissant
des arts tirait des décombres de la Grèce et
de l'Italie.

— Ces fleurs semblent ne plus vous
plaire, dit la plus âgée à celle qu'elle sui-

vait et à qui elle n'adressait la parole qu'avec une sorte de respect ; ces fleurs ne vous plaisent plus ; elles viennent pourtant de l'Orient, et elles ont fleuri ensuite en Espagne dans les jardins de l'Alhambra.

— C'est parcequ'elles ont fleuri dans la ville de Grenade que je ne veux plus les voir, Béatrix ; j'en ai trop respiré le parfum.

— Vous ne parliez pas ainsi il y a quelques jours, répliqua en souriant Béatrix ; c'était parcequ'elles venaient de Grenade qu'il fallait les soigner et les arroser sans cesse.

— Une chrétienne ne doit pas avoir de semblables pensées, dit la jeune fille qui paraissait être la maîtresse de ce palais. La belle Dorothée de Bovadilla ajouta ces derniers mots avec l'accent du regret, et presque le ton du repentir.

— Quoi ! reprit sa compagne, une chrétiennene peut avoir de semblables pensées !

Les filles de l'Espagne ne tiennent pas toutes votre langage. Leur fierté ne les empêche point d'accueillir les Chevaliers Maures, souvent plus aimables et plus fidèles que ces nobles Castillans, si orgueilleux de leur lignage et si hautains dans leur amour.

— Et qui vous a dit, Béatrix, que je pensais à ces odieux Maures et à leur galanterie?

— Vous semblez les haïr depuis que vous en avez vu un qui les efface en bonne grâce et en valeur; et qu'a donc de si haïssable Ismaël Ben Kaïsar, que vous parlez ainsi de sa nation?

— Ismaël ne m'inspire que de l'effroi; pour moi, c'est un ange des ténèbres, Béatrix.

— Oui, mais un ange secourable aussi; connaissez-vous beaucoup de chrétiens qui eussent, comme lui, risqué leur vie pour sauver un infidèle? Rappelez-vous le désert où il arracha votre oncle à la mort, où son cimeterre frappa des musulmans pour sauver un chrétien.

— Aussi, reprit Dorothée, je te le répète, c'est un ange des ténèbres ; il faut l'admirer et le haïr, lui vouer de la reconnaissance, et ne le point voir. Il trouble la paix de l'âme, Béatrix, comme ses frères troublèrent la paix des cieux ! Ce jardin, c'était un lieu de paix et de bonheur ; eh bien ! depuis qu'il a parcouru ses ombrages, que nous avons respiré ensemble le parfum de ces fleurs, goûté la douceur de ces fruits, je n'ai plus songé qu'aux sables terribles d'où il vient, où il veut retourner un jour, et où seulement on peut trouver la liberté, comme il le dit, puisqu'on les chasse de l'Europe, et qu'ils sont trop fiers pour se soumettre. Oui, je le répète, celui qui fait oublier un lieu de bonheur pour faire souhaiter l'enfer de l'Afrique, est un être funeste qu'il faut fuir, si le salut de notre âme nous est cher.

— Le salut de notre âme, reprit la malicieuse Béatrix, n'a rien à faire avec la galanterie des Maures, et, en disant ces mots, elle cueillit un bouquet de ces fleurs de l'Orient, qui étalaient leurs vives couleurs, et le présenta à sa compagne qui était retombée dans la rêverie. Celle-ci le prit un moment, en respira avec distraction l'odeur, tressaillit et continua à se promener sans adresser la parole à Béatrix.

Mais comme elle entrait dans une allée d'orangers, Béatrix s'écria : — Sainte Vierge! madame, je n'ai jamais vu le seigneur Ismaël si brillant. Voyez-le donc s'avancer vers nous avec votre oncle.

Il est temps de dire quel était ce Maure qui avait mis tant de trouble dans un cœur de chrétienne, et qu'il fallait haïr parcequ'on l'admirait. Ismaël Ben Kaïzar était

né à Grenade, et, parmi les siens, son
rang était distingué; les deux Rois venaient de conquérir Alhama, et lui il
avait défendu la conquête de ses ancêtres;
et quand la ville était tombée au pouvoir
des chrétiens, il avait dit : — Je ne me
soumettrai point comme mes frères; j'i-
rai dans le désert, j'irai vers la Kaaba chercher des consolations, et puisque nous
avons été vaincus, mon rang restera ignoré;
et le désert l'avait reçu seul, sans aucune
suite.

Se joignant aux caravanes, il avait vu la
Mecque; après avoir admiré l'immense
tapis qui recouvre le temple, bu de
l'eau sacrée, après s'être prosterné sur la
pierre noire, objet de la vénération des
musulmans, il avait adressé une fervente
prière à Dieu contre les chrétiens, puis,
l'âme en paix, content, plein de l'idée que
les Castillans devaient tôt ou tard être ex-
terminés, il avait suivi les caravanes qui

se rendaient de nouveau vers les bords de
la mer, pour revenir en Europe, parceque
l'Europe était réellement sa patrie, et qu'il
se sentait le besoin de la revoir.

Comme il savait par cœur les poèmes
sublimes antérieurs à la venue du Prophète, il charmait ses compagnons de voyage par les brûlantes peintures d'Antara, ou
par les ravissantes fictions d'Amrialkaïs;
quelquefois aussi il apaisait leur impatience par les réflexions de Sadi. Il avait
coutume de dire, avec le poète : « La vie
est divisée en deux parts; considère bien
ce qu'elles sont; ce qui est passé est un
songe, ce qui reste, un désir. »

Et tout le monde l'aimait. Seulement,
comme à sa contenance, pleine d'un rêveur abandon, succédait quelquefois un
regard hautain, où se peignait une sorte
de dédain pour ses incultes compagnons
de voyage; quelques uns avaient coutume
de dire : C'est un poète de l'Espagne ; il

parle du cimeterre indien, mais il ne sait pas s'en servir, il ne connaît la guerre que dans les Moallakats(1); et un sourire malin déridait un moment leur front, qui reprenait bientôt cette grave tristesse qu'on remarque chez tous les enfans du désert.

Il y avait dans cette caravane un chrétien qui faisait le commerce de l'Orient, et qu'on souffrait dans la compagnie des vrais croyans, à cause des immenses présens qu'il faisait aux scheiks de diverses tribus. Ismaël, accoutumé depuis long-temps aux usages de l'Europe, se plaisait dans l'entretien du chrétien, chez lequel il trouvait une instruction variée et une bonté qui ne se démentait jamais.

Mais les palmiers n'ombrageaient pas encore le désert, et les sources manquaient; on avait rencontré plusieurs Arabes s'en allant à la Mecque, qui tous, avec une som-

(1) Poèmes antérieurs à Mahomet; il y en a sept.

bre résignation , ne manquaient pas de dire : *Allah Akbar*, les infidèles remportent
de nouvelles victoires; nous allons glorifier
le Prophète, et de plus en plus le chrétien
était devenu un objet de haine, lorsqu'un
scheik, dont il n'avait jamais pu satisfaire
l'insatiable avarice , vint lui demander
de nouveaux présens, que le vieillard lui
refusa. Une querelle terrible s'en était
suivie ; l'Arabe avait levé son cimeterre,
et poursuivait le malheureux chrétien ,
quand Ismaël avait été tiré de sa rêverie
habituelle , par les clameurs de la caravane qui engageait le musulman à châtier
un infidèle. Par un rapide élan , le jeune
Maure s'était trouvé bientôt près du scheik;
lui aussi il avait brandi son cimeterre , et
les cimeterres avaient retenti au milieu
d'un tourbillon de sable. La poussière s'était
dissipée , et l'on avait vu le scheik baigné
dans son sang. Kaïzar avait ramené le
vieillard près de ses chameaux , mais son

arme n'était point rentrée dans le four-
reau ; seulement il la faisait reluire aux
rayons du soleil, et quoique l'ardeur de
ses regards ne se fût pas encore éteinte, il
répétait avec assez de calme cette strophe
d'une Moallakat.

« Je suis léger, vous le savez, insou-
ciant et frivole dans mes penchans ; mes
mouvemens sont rapides et vifs comme
ceux du serpent aux yeux de flamme. »

» Quand je me défends contre une attaque furieuse, je frappe ; un second coup
est inutile. Ce sabre ne jette pas un vain
éclat ; ce n'est pas un faux brave, c'est le
vrai frère de mes pensées; puis il avait
ajouté encore ces vers : — Que mes en-
nemis s'humilient, ma rage se calme et je
dis : c'est assez. »

Et les voyageurs avaient répété en continuant la marche : — Il sait se servir du
cimeterre indien.

Or, depuis ce temps, le vieillard n'avait

plus été insulté ; car on craignait dans le désert la prompte justice de Kaïsar.

Ce Chrétien c'était Andréas di Fiorenti, l'un des plus riches négocians de Gênes ; il faisait le commerce des pierreries de l'Orient, il avait rassemblé d'immenses richesses, et ne se plaisait que dans les fatigues des voyages ; rarement le voyait-on dans le palais qu'il possédait à Gênes ; sa demeure habituelle, c'était le caravanserail des pays de l'Orient ; son luxe, il le mettait à posséder quelques uns de ces chevaux rapides, qui endurent la soif et la faim dans le désert ; et au milieu des fatigues qu'il affrontait, une seule idée lui donnait toujours des forces nouvelles. Il pensait à sa nièce, au bonheur de l'entourer de tout ce luxe de l'Orient, qu'il dédaignait pour lui, mais qu'il souhaitait ardemment pour elle. Il se mêlait aussi à son goût pour les voyages un vif amour de la vie errante des Orien-

taux, et plus encore de leurs récits
merveilleux; il cherchait à saisir quelques uns de ces admirables secrets dont
on parlait sans cesse dans le désert pour
abréger la route, et son dernier voyage
avait été entrepris en grande partie afin de
satisfaire ce goût de découvertes qui si-
gnalait alors les Génois.

Après cet ardent amour des voyages, une
autre pensée le dominait donc ; c'était la
vive affection qu'il avait pour cette jeune
fille que nous venons de voir dans les jardins, et dont il se regardait comme le second père.

Dorothée venait d'atteindre sa seizième
année, elle était fille d'une sœur qu'Andréas avait aimée tendrement, et qui s'était
mariée avec un Espagnol de distinction,
envoyé autrefois en ambassade à Gênes
où il s'était fixé. Diego de Bovadilla était
mort quelque temps après ce mariage; sa
femme n'avait pas tardé à le suivre dans

la tombe; Dorothée s'était donc trouvée
orpheline de bonne heure, mais aucun soin
ne lui avait manqué. Andréas retrouvait en
elle une sœur qu'il avait aimée tendrement,
et ne songeait à accroître sa fortune que
pour lui donner une plus brillante exi-
stence; contraint souvent à la quitter, c'é-
tait toujours avec un nouveau regret qu'il
s'éloignait d'elle, et qu'il la confiait à des
mains étrangères; bien des joies l'atten-
daient aussi à son retour, toujours quelques beautés nouvelles s'étaient dévelop-
pées en son absence, et il avait coutume
de dire que son plus riche joyau n'était
pas en Orient.

De son côté, Francisco de Bovadilla, commandeur de l'ordre de Calatrava, avait déjà
entendu parler avec orgueil en Espagne de
la jeune nièce que lui avait laissée son frère;
plus d'une fois il avait témoigné le désir
de l'avoir près de lui, et il attendait qu'elle
eût atteint l'âge où elle pourrait entrer

à la cour de la Reine Isabelle, qui souhaitait de l'avoir parmi ses dames.

Andréas, à qui l'on avait écrit à ce sujet, avait d'abord résisté au projet du commandeur; mais en réfléchissant aux vertus de la Reine, au rang que pourrait occuper un jour Dorothée, à la nécessité où il se trouvait fréquemment de la confier à des mains étrangères, il avait mis beaucoup moins d'opposition au dessein de Bovadilla, et n'attendait qu'un instant favorable pour conduire sa nièce en Castille, et pour s'y fixer lui-même pendant quelque temps.

Et je dirai maintenant comment le jeune Maure se trouvait alors à Gênes, et comment encore Dorothée l'avait connu.

Lorsqu'Andréas, après avoir traversé une partie des déserts de l'Afrique occidentale, était arrivé sur le bord de la mer avec son jeune défenseur, il lui avait demandé s'il ne serait pas satisfait de voir cette belle portion de l'Italie, où Gênes

brillait d'une orgueilleuse splendeur, ac-
cueillant partout les voyageurs, soit qu'ils
vinssent du Nord, ou qu'ils fussent de l'O-
rient. Kaïsar avait dit : Je reverrai l'Europe,
car l'Europe est ma patrie. Avant de rentrer
dans Grenade, je visiterai cette vieille Italie
dont parlent nos livres. Gênes l'avait reçu.

En arrivant dans son palais, Andréas
s'était empressé de lui offrir un asile, mais
le jeune Maure avait préféré demeurer
dans le quartier des Orientaux. Au bout
de quelques jours, il était allé visiter son
vieil ami; celui-ci l'avait engagé à revenir
fréquemment; non seulement il lui était
attaché par les liens de la reconnaissance,
mais il aimait à parler avec lui de cette
terre de l'Orient si splendide dans sa magnificence, si puissante par ses souvenirs.

Un jour qu'Ismaël Kaïsar était venu
voir son vieil ami vers la fin du jour,
Andréas l'avait reçu dans les jardins, et
c'était alors qu'il lui avait dit en souriant :

— Jeune Maure, je te ferai voir une merveille qui n'a point d'égale dans les champs
d'Eden ou dans les vallées de Shiras; et après
avoir marché quelque temps, ils étaient
arrivés dans une enceinte plantée de ci-
tronniers, où Dorothée se promenait avec
Béatrix.

En apercevant son oncle, elle s'était avan-
cée avec un doux sourire; en apercevant
un étranger, le sourire s'était effacé de ses
lèvres et elle avait voulu passer dans une
autre allée, mais Andréas l'avait rappelée
en lui disant : — Ma nièce doit remercier le
sauveur de son oncle. Je ne sais ce que dirent ses regards à Ismaël, quel langage
lui parla son sourire, mais le jeune Maure
était venu souvent au palais de Fiorenti,
mais déjà il aimait à répéter ces vers arabes où l'amour est si bien peint dans
des vers pleins d'une ardente mélancolie.

Chaque jour cependant il disait à Andréas, je veux retourner à Grenade, mais,

pour retourner à Grenade, sans doute il aurait fallu qu'il ne vît pas l'Italie ; il y restait, quoiqu'un amer souvenir lui rappelât sa patrie malheureuse, et les lointains voyages qu'il avait entrepris dans l'espoir d'attirer sur elle les bénédictions du prophète. S'il était descendu au fond de son cœur, peut-être n'aurait-il pas su y lire encore ce qui le retenait à Gênes ; le sourire de Dorothée l'attirait, le son de sa voix le faisait tressaillir ; mais il disait : Dorothée est chrétienne, un Maure peut bien lui chanter les vers des poètes, mais il ne saurait lui livrer son cœur : les Nazaréens sont vainqueurs ; maintenant ils repoussent notre alliance, qu'ils ont quelquefois implorée ; il faut être fier comme eux, surtout au moment du malheur. Et cependant chaque jour la jeune fille se faisait répéter comment il avait sauvé son oncle, elle lui demandait un de ces chants guerriers qu'il chantait au désert, et lui, il lui répétait les vers de Zohaïr ou d'Antara; ses regards alors brillaient d'une farouche ardeur, comme ceux du Bedouin sauvage ; mais s'il venait à contempler la douce expression du visage de Dorothée, ses yeux s'adoucissaient tout-à-coup, c'était le Maure de Grenade qui chantait des vers pleins d'amour et de grâce.

Or, sachez ce qu'était un Maure au quinzième siècle, un jeune Maure poète, amoureux des dames et des combats. C'était un chevalier que les Chrétiens appelaient gentilhomme, quoique Maure ; mettant sa gloire à briller aux joutes de Gelves, à manier dextrement un bel andalou, à provoquer de nobles Chevaliers Chrétiens, ardent en son courage quoique léger en ses pensées, galant en ses devises de tournois, galant en ses propos et exalté en ses amours, tendre comme il était brave, par élans, par bonds impétueux, mais demeurant toujours Chevalier.

N'imaginez pas surtout un grave musulman, intolérant en ses idées religieuses, âpre en ses discours aux Chrétiens, tels sans doute qu'étaient les Maures quand ils arrivèrent sous le beau ciel d'Espagne, et qu'ils rougissaient de colère, à la vue des pampres joyeux qui couvraient les belles plaines d'Andalousie; le Maure de Grenade pensait sans colère au bon vin de Xérès, et bien souvent il en animait ses festins. Oh ! comme ces bois d'orangers, ces belles plaines ondoyantes, un beau ciel bleu et pur, avaient amolli ces forts Africains, devenus poètes autant que guerriers. Maintenant je vous dirai aussi comment était vêtu un Maure de Grenade.

Un jeune Maure riche allait vêtu de velours et de soie; car une partie de la population de Grenade et des Alpujarras était occupée à tisser ces brillantes étoffes, qui se répandaient ensuite dans le reste de l'Europe. Sa coiffure ressemblait plu-

tôt à une toque qu'à un turban ; celui
d'Ismaël était richement brodé en can-
netille d'or, et en aljofar, semence de
perles qu'on employait à l'ornement des
vêtemens. Le manteau maure différait
beaucoup de celui des Castillans, encore
plus de celui des Génois; on lui donnait plusieurs noms : tantôt c'était le ca-
pellar, dont on s'enveloppait la tête et
les épaules, tantôt le léger albornoz qu'on
portait dans les combats et que beaucoup
de seigneurs faisaient faire en damas ou
en satin brodé d'or : on voyait, dessous, la
marlota, espèce de jupe à peu près sem-
blable à celle que portent encore les Al-
banais, mais presque toujours de couleurs éclatantes et faite souvent en drap
de Tunis, qu'on estimait singulièrement
alors; la marlota était quelquefois aussi
de deux couleurs; elle recouvrait souvent
une cotte de mailles, appelée jazerina
par les Espagnols; on la portait également

avec la cuirasse : une targe de Fez, nommée adarga; un alfange (1) de Damas; une dague richement ornée, complétait le costume d'un Maure de haute distinction, qui, dans les derniers temps, n'allait presque jamais sans ses armes.

Or ce jeune Maure que vous venez de voir dans les jardins d'Andreas était renommé depuis Alhama jusqu'à Grenade pour un des plus nobles Chevaliers de ce pays. Il était de la famille des Vanegas, c'est assez dire qu'il était brave; Alhamar était son ami; c'est dire qu'il était brillant en ses vêtemens, courtois en ses paroles, et que nul ne pouvait l'égaler au jeu de bague ou au jeu du djérid, où il préludait à de plus nobles combats.

Ismaël Ben Kaïzar avait alors vingt-cinq ans; il était d'une taille élevée; ses mouvemens indiquaient à la fois la force et la

(1) Sabre recourbé.

grâce; les Maures de Grenade disaient de
lui : C'est Gazul dans une Zambra, Alatar
quand il se prépare au combat. Ses cheveux noirs auraient retombé en boucles
s'il eût déroulé son turban. Son teint était
brun, mais sans paraître animé par de vives couleurs. Toute l'ardeur de son âme
était dans ses yeux; un poëte arabe aurait
dit : « Son regard c'est l'éclair qui brille,
comme si deux mains cachées derrière le
nuage le lançaient tout-à-coup. » C'est
qu'en effet son regard était tour à tour
plein de mollesse et d'ardeur, comme le
feu rapide qui sort d'un beau nuage d'été;
son nez était aquilin, il portait la moustache moresque soigneusement retroussée.
L'expression de sa bouche était comme
celle de ses regards, reposée et active,
faite pour des paroles d'amour et des cris
de combat.

La belle Dorothée avait vu tout cela
d'un premier coup d'œil sans défiance.

Mais, quoiqu'elle fût bien jeune, elle avait
fini par penser que ce Maure si redoutable
aux Chevaliers, les dames chrétiennes ne devaient pas le regarder trop souvent. Quant
à lui, sans doute qu'il ne craignait plus le
même danger, car, au milieu du discours
le plus intéressant, souvent il tournait les
yeux vers elle, et alors son regard avait une
pénétrante douceur qui faisait aussitôt
baisser encore davantage ceux de Dorothée, comme un rayon trop vif du soleil
fait incliner la fleur.

Oh! quelle était belle ayant ainsi ses
grands yeux noirs fixés vers la terre!
qu'elle était belle quand elle les relevait, et
qu'on y voyait autant de fierté que de tristesse, comme si elle se fût repentie d'avoir
abaissé son regard devant un Maure! Ses
lèvres souriaient rarement, mais il y avait
dans leur expression une mobile douceur
qui se changeait presque en dédain; ses
joues pâles et brunes se coloraient tout-à-

coup; puis, pâlissaient encore: elle prenait
comme à son insu le long rosaire à grains
de nacre qui était suspendu à son cou, et
tenant la croix d'or en sa main, elle se sentait plus rassurée : on eût dit un ange,
mais un ange devant un génie malfaisant,
le bravant et le redoutant à la fois.

Or je vous la montre en ce moment
comme elle était dans le jardin aux statues
de marbre, aux fleurs d'Orient. Ismael
Ben Kaïzar venait de la rejoindre avec Andreas. Ils parlaient des merveilles de Gênes, des magnificences de Grenade ; et
quoique Dorothée eût pris la résolution
de ne plus regarder le Maure, elle ne
pouvait s'empêcher de l'écouter, tout en
détournant ses yeux noirs. Soit qu'il parlât
le castillan ou l'arabe, ses paroles avaient
sur elle un secret pouvoir qui n'était plus
seulement dans les mots, comme un regard pénétrant n'est pas seulement un
regard.

— Bientôt, ma nièce, dit le vieil Andreas, vous verrez le pays de votre père
et les merveilles dont parle souvent le Seigneur Kaïzar. La noble Reine de Castille
vous appelle près d'elle, mon enfant.

Dorothée regarda alors attentivement
son oncle, et devint blanche comme ces
roses pâles qui n'ont de rose que le nom :
— J'irai au pays de Grenade, mon oncle ?

— Non pas, chère enfant, reprit Andreas ; mais en la belle et puissante cité de
Cordoue, où règnent les deux Rois(1), et
où il y a grand nombre de ces merveilles
édifiées par les Maures, dont nous entre-
tient Kaïzar, et qui sont depuis long-
temps au pouvoir des chrétiens.

— Il est triste de l'entendre rappeler, dit
Kaïzar ; en perdant Cordoue nous avons
tout perdu. Il ne nous reste maintenant
que Grenade la riche et un Roi lâche, je

(1) On désignait ainsi Isabelle et Ferdinand V.

ne le sais que trop. Et il prononça ces derniers mots avec un ton d'amertume qui ne
lui était pas habituel.

— Pardon, Sidi (1) Kaïzar, pardon, si
j'ai renouvelé vos douleurs. J'ai parlé à
cette enfant sans idée d'offense pour vous;
vous savez que nul n'estime comme moi
vos travaux et votre science. Mais, au surplus, je vous ai souvent entendu dire que
votre présence était nécessaire en Espagne, dans ce royaume de Grenade où
vous avez de grands biens, et qui est resté
libre après tout. Si ma compagnie ne vous
est pas plus désagréable sur mer que dans
le désert, et que vous veuilliez hâter votre voyage, nous pourrons faire route ensemble; et j'espère que Chrétiens et
Maures seront en paix à notre arrivée,
puisque Grenade consent, dit-on, à payer
le tribut aux Rois chrétiens.

(1) Sidi veut dire Seigneur en arabe.

—Dites le Roi, Seigneur Andreas, reprit Ismaël. Il prononça ces derniers mots avec une sorte d'impatience, mais il n'y avait plus d'amertume dans le son de sa voix ni dans son regard.

—Et votre départ est-il bien prochain ? ajouta-t-il.

— Si prochain que j'ai retenu déjà la caravelle qui doit nous transporter au port de Palos; le Commandeur de Bovadilla a grande hâte de présenter sa nièce à la Reine Isabelle. Lisez cette lettre, Dorothée, vous y verrez l'expression de l'intérêt que vous accorde une grande Reine.

La jeune fille prit la lettre et y porta les yeux avec distraction ; d'autres pensées semblaient l'occuper trop vivement en cet instant, pour supposer qu'elle en fît une lecture bien attentive.

—J'irai avec joie partout où vous irez, mon oncle ; et comme à son insu ses regards se portèrent sur Kaïzar, qui paraissait

plongé dans une rêverie profonde; elle
les abaissa aussitôt, se sentant tout heureuse de ce que les yeux du Maure n'a-
vaient pas rencontré les siens en ce moment.

— Je vous remercie de vos offres courtoises, Seigneur Andreas, dit à son tour
Ismael; dans le désert ou sur les eaux de
l'Océan, il est doux d'être votre compagnon de voyage. Mais en achevant ces
mots il ne regarda pas non plus le vieillard, et je ne sais si son coup d'œil fut compris. Quelques momens après, comme ils
se promenaient tous trois en silence, il
cueillit une fleur et dit à Dorothée : Si
vous connaissiez le langage des fleurs de
l'Orient, Madame, vous pourriez comprendre celui qui s'exhale ici pour
nous comme un parfum. Voyez cette fleur
bleue, elle dit à l'anémone : Où tu n'es
pas je meurs!

— Nous connaissons ces galanteries

moresques , Sidi Kaïzar , reprit Andreas en souriant. Pour parler comme
vous, toutes les fleurs de ce parterre re-
gretteront ce jeune lis ; mais c'est une
fleur d'Italie qui fleurira encore mieux
sous le ciel de l'Espagne qu'en ce palais
solitaire. Je voudrais déjà que la caravelle
fût prête, et surtout avoir trouvé un pilote habile, car le patron du navire ne me
semble pas des plus instruits ; et , pour
parler comme les poètes arabes, je ne
voudrais pas que la jeune fleur pérît par
la rosée amère sur un rocher. En d'autres
mots, je désirerais pouvoir me rendre en
toute sûreté dans le petit port de Palos de
Moguer.

— Mes Seigneurs, dit alors Beatrix, il y
a ici dans le voisinage un pilote habile
qui, j'en suis sûre, aura grande joie de
passer avec nous en Espagne, car je sais
que son intention est d'y faire un voyage
pour tenter, dit-on, la fortune. C'est un

homme gagnant pauvrement sa vie, fort
attaché à ses études, religieux en ses discours, parlant peu aux gens de sa sorte;
aimant par-dessus tout un fils qu'il a eu
en Portugal, et un père dont il soutient
la vieillesse. Grand cosmographe et grand
marin, dit-on. Il est notre voisin, et si
vous voulez, j'irai lui dire quelles sont vos
intentions.

—Quoique vous ayez plus de savoir en
l'art de dresser un col de dentelle qu'en
celui de connaître un homme de mer, votre avis, Beatrix, peut être bon. J'irai moi-
même consulter ce pilote.

— C'est Christophe, le libraire, Mon-
sieur, et il demeure à peu de distance d'ici.
Vous verrez au-dessus de sa boutique un
pélican qui nourrit ses petits de son sang.
Hélas! le pauvre homme, c'est bien une
triste image de sa vie!

—Hé bien, Beatrix, j'irai voir notre

voisin le cosmographe ; et s'il veut être du
voyage, nous partirons d'ici à fort peu de
jours pour l'Andalousie.

CHAPITRE IV.

Le couvent de la Rabida.

A une lieue du petit port de Palos de Moguer, on voit encore en Espagne un vaste édifice sur le sommet d'une colline qui s'élève au milieu d'une plaine aride et sablonneuse. C'est le couvent de la Rabida, habité par des moines de l'ordre de saint François, qui du sommet de leur clocher ont contemplé bien des naufrages et ont pu sauver bien des malheureux. A la fin du quinzième siècle, ce pieux établissement était moins considérable qu'il ne l'est devenu depuis, et l'on ne voyait pas dans l'église ce grand nombre d'*ex voto* qui la

décorent d'une manière si bizarre ; l'autel
n'était pas encore embelli de ses grands
chandeliers d'argent et la voûte de sa lampe
de vermeil. Mais on y exerçait franchement les lois de l'hospitalité, malgré la sté-
rilité du territoire d'alentour.

Un jour il faisait une chaleur ardente :
réflétés par les sables qui s'étendent à une
assez grande distance de la mer, les rayons
du soleil scintillaient aux regards du voyageur et achevaient de dessécher les plantes
qui croissaient çà et là sur un sol aride.
Les aloès seuls, en étendant leurs pointes
raides et dentelées, ajoutaient par leur aspect aux idées peu riantes qu'inspirait ce
paysage ; une verdure presque aussi triste
se montrait à quelque distance du couvent,
et deux ou trois dattiers dont les palmes
rompues par le vent s'étaient desséchées,
s'élevaient au-dessus de quelques arbres
fruitiers que les raffales de mer avaient
inclinés d'une manière bizarre, et qu'elles

dépouillaient de leurs fleurs quand elles n'avaient pas dispersé leur feuillage.

Colomb, qui paraissait venir du bord de la mer, montait péniblement la colline sablonneuse qui conduisait au couvent de la Rabida. Ses vêtemens indiquaient par leur propreté, leur forme ancienne, et surtout leur apparence usée, la lutte d'un noble orgueil contre la misère. Notre voyageur tenait son fils par la main; on voyait qu'il s'était réservé pour lui toutes les souffrances de la marche, et que si la face vermeille de l'enfant était un peu altérée, c'est qu'il n'était accoutumé ni à la fatigue ni au besoin.

— Pourquoi, mon père, disait-il en regardant avec une sorte d'inquiétude l'homme grave qui le conduisait, pourquoi ne sommes-nous pas entrés dans l'hôtellerie du port? J'avais bien faim, et je l'ai dit. Maintenant je ne pourrai plus marcher si je ne trouve à boire.

—Prends courage, enfant, répondit Colomb; regarde entre les feuilles éten-
dues de l'aloès, quelquefois Dieu y con-
serve une coupe d'eau pour le pèlerin,
et nous sommes des voyageurs bien pauvres, Diego,... oui, bien pauvres. Et après
avoir regardé son fils avec tendresse, il
porta ses yeux vers le ciel.

L'enfant courut vers un groupe d'aloès
qui étalaient confusément leurs tiges à
quelques pas du chemin, mais il revint
bientôt tristement près de son père; et il
lui dit : — Dieu n'a pas conservé d'eau pour
nous, et cependant j'ai soif, mon père.

— Prends courage, mon petit Diego...
Et il parut réfléchir comme quelqu'un qui
cherche à s'entretenir dans une résolution
forte, ou plutôt qui voudrait s'y soumettre; et il dit à voix basse: Une aumône à
moi! mais ce sera pour lui... et elle viendra
de Dieu... Dis une oraison, Diego... Agar

dans le désert souffrait plus que son enfant.

Mais l'enfant ne voulut pas prier et il
pleura... et son père pria pour lui, s'écriant:
Ses larmes, mon Dieu, c'est sa prière... Quel
supplice!... Diego, Diego, ne pleure pas,
mon petit. Et il l'éleva vers lui,... et il
lui donna un baiser,... un baiser de père,
qui fut accompagné de larmes, car l'enfant souffrait réellement. — Je te porterai,
Diego..., je te porterai tant que je pourrai
me soutenir moi-même : regarde ce couvent, regarde-le, et prie... Je vais faire
pour toi ce que jamais on ne m'a vu faire.

Et l'enfant, qui avait senti les larmes de
son père, se tut bientôt; joignant les mains,
il dit l'*ave* en latin. Puis s'interrompant au
milieu de l'oraison : — Tu es pauvre, mon
père, et pourquoi n'as-tu pas pris le riche
joyau que t'offrait pour moi... la dame
génoise qui a débarqué avant nous, et qui
s'est en allée sur une belle mule capara-

çonnée de rouge, avec deux Morisques qui
la suivaient, et le Seigneur Andreas, que
j'aimais tant?

— Enfant, enfant, de telles choses ne
se reçoivent point; le don était riche, et
j'étais trop pauvre pour l'accepter... Au
demeurant, ton oncle te recevra joyeusement, et, en attendant, Dieu va te nourrir,
comme il nourrit les pauvres oiseaux du
rivage. Nous sommes aux portes du couvent. O pauvre petit oiselet! bien triste
maintenant, tu vas devenir babillard et gai
sous ces arbres. Et avant de sonner à la
porte du couvent, Colomb s'arrêta un moment; un pénible mouvement de l'âme
semblait l'agiter, mais il regarda son enfant, et tout-à-coup il tira la corde qu'il
tenait depuis quelques instans entre ses
mains; elle ébranla fortement la cloche, et
le portier du monastère parut vêtu de
son habit gris de Franciscain.

C'était un vieillard à longue barbe,

ayant dans le regard quelque chose de
bienveillant qui contrastait avec l'apparence austère du lieu qu'il habitait. Son
vêtement gris de laine grossière indiquait
à quelle vie dure s'était voués les moines de son ordre, puisqu'ils ne devaient
point le quitter, même par les chaleurs
les plus accablantes. Un long trousseau
de clefs pendait à côté du cordon de
saint François qui lui ceignait les reins,
et il était aisé de voir, par la promptitude
avec laquelle il s'était montré, que l'âge,
en éteignant toutes ses passions, avait
laissé du moins chez lui l'amour de la
charité.

— Salut en saint François, mon père,
dit d'une voix un peu émue le voyageur,
et après avoir jeté un coup d'œil sur le
moine, il continua d'un air plus assuré.

— Un peu de pain et un peu d'eau pour
cet enfant, je vous prie.

— Entrez, entrez, seigneur étranger :

où le père Juan Perez Marchena est prieur,
tout voyageur est accueilli avec joie; où
le frère Antonio de Mesa est portier, les
petits enfans ne boivent point d'eau : nos
chèvres nous donnent du lait pour eux,
et notre pauvre verger, quelques fruits.
Et en disant ces mots, le veillard prit
Diego entre ses bras. Diego attacha quelque temps ses grands yeux noirs sur les
yeux affaiblis du vieux moine, et après
cet interrogatoire muet, que savent si
bien faire les enfans, il l'entoura de ses
petits bras, et baisa sa barbe grise, en se
tournant de temps en temps vers son
père, qui le regardait en souriant.

— Frère portier, dit Colomb, j'avais
bien pensé que mon oiselet devait bientôt se ranimer dans la maison du Seigneur;
il a beaucoup pleuré, et maintenant il rit :
vous lui avez parlé le langage qu'il aime
le mieux entendre; tout à l'heure, je l'espère, il se sentira assez de courage pour

gagner la petite ville d'Huelva, qui, si je ne me trompe, n'est pas fort éloignée, et où demeure son oncle maternel.

— Huelva n'est pas loin, Seigneur étranger, mais le réfectoire est encore plus près, et vous ne voudriez pas sans doute nous priver si tôt des caresses de ce joyeux petit hôte.

En disant ces mots il ouvrit une seconde porte, et pria avec douceur Colomb de le suivre. Ils traversèrent une cour, puis une assez longue galerie, et ils entrèrent dans un vaste réfectoire, où huit moines seulement prenaient leur repas en silence.

— Vite, vite, notre frère servant! du lait à ce beau petit enfant qui a faim et soif tout à la fois, grande calamité pour lui et pour son pauvre père. Cueillez nos grenades mûres et nos beaux limons, et une belle grappe de ce beau raisin qui donne le vin de Xérès.

— C'est trop, beaucoup trop, mes bons
pères.

Mais le petit Diego, qui était né en Portugal, et qui comprenait à demi ce que
le vieux moine venait d'ordonner, se prit
à bondir joyeusement, disant en italien
qu'il n'aimait rien tant que les grenades
et les limons, les oranges et les raisins,
et son père souriait comme sourit un père
qui voit son enfant en joie après l'avoir vu
pleurer.

Et le frère servant revint chargé d'un
vase de lait et des beaux fruits du jardin,
si bien qu'un profond silence succéda
bientôt chez l'enfant à de bruyantes ma-
nifestations de joie. Il était muni d'une
grande jatte de lait, et mangeait joyeusement le pain de pur froment que lui avait
présenté le frère portier.

Colomb, après avoir regardé quelque-
temps, avec un air de bonheur, ce spectacle, que contemplaient aussi les moines

en souriant, Colomb retomba dans ses
rêveries habituelles; mais le père Marchena vint le prier, avec grande politesse,
de s'asseoir lui-même à la table des moines.

— Seigneur étranger, lui dit-il, ces mets
sont bien grossiers pour vous être offerts.
Nous regrettons en ce moment de n'être
que de pauvres religieux.

— Mon père, je suis bien pauvre aussi,
mais j'ai mangé quelquefois à la table
des grands, et j'en suis sorti le cœur plein
d'amertume; ici s'est accomplie pour moi
la parole de Dieu. J'ai appelé, et la con-
solation est venue; le père vit quand son
enfant ne souffre plus. Et il continua à
regarder son fils avec un ardent amour,
comme si tout ce qui le tourmentait avait
été oublié par lui depuis que l'enfant
était dans la joie.

— Père, dit le moine après l'avoir regardé quelque temps, pensez un peu à

vous. L'enfant n'est plus fatigué, ajouta-
t-il avec l'air d'un vif intérêt ; mangez,
puisque votre fils est rassasié.

Et en disant ces mots il mit devant lui
quelques mets que son hôte ne refusa
plus. Jusqu'alors on avait gardé un profond silence, mais bientôt la conversation
s'anima. Les moines parlèrent des nouvelles que leur apportaient les naviga-
teurs de la côte, des trois frères Pinzon
et de leurs courses aventureuses, des dernières découvertes des Portugais, et surtout de la chute prochaine des Maures
et de l'intervention du Soudan d'Égypte
dans leurs divisions. Le prieur Juan Perez
de Marchena insista avec véhémence sur
les avantages que la cour de Lisbonne
tirait de ses audacieuses entreprises, et
il parla aussi de la guerre de Grenade,
comme d'une chose qui importait à toute
la chrétienté.

— Ceci est une noble guerre, mais il

y en aurait une plus noble encore, dit Colomb qui s'était animé au récit de ces
grands évènemens. Le saint Sépulcre! le
saint Sépulcre ! après avoir découvert
le Cathay, voilà une glorieuse conquête
à faire! Mais les rois... ils sont sans foi,
ils ne lisent point les prophètes, et les
infidèles restent en possession des plus
saintes reliques, et les peuples ne sont pas
convertis, et leurs paroles suppliantes,
leurs grincemens de dents, leurs hurle-
mens de désespoir, accuseront au dernier
jour les monarques chrétiens. Ils crieront:
Un homme vous avait demandé notre
salut, et vous ne l'avez pas écouté!...
Mes pères, mes pères,... priez Dieu pour
que les rois m'entendent mieux que ne l'a
fait celui de Portugal, continua-t-il avec
un enthousiasme religieux qui se com-
muniqua bientôt à ceux qui l'entouraient;
priez Dieu pour moi et pour eux. Et l'on
eût dit qu'une souffrance plus forte que

celle qu'il est dans la destinée de l'homme d'éprouver, s'emparait de cet étranger si pauvre, parlant de conquérir des empires.

Telles sont les angoisses du génie, quand il se sent méconnu. Le père Marchena contempla Colomb avec surprise, un bruit confus de ce qui s'était passé à la cour de Lisbonne était parvenu jusqu'à lui; il commença à parler à l'étranger avec plus de déférence, l'engageant surtout à cette haute patience qui n'appartient qu'aux âmes fortes.

— J'irai prier avec vous, mon père, j'irai prier avec vous pour que Dieu me calme, ou pour qu'il me fasse oublier ce qu'il m'a révélé; mais ces dernières paroles il les dit à voix basse, et seulement au père Juan Perez; on eût dit qu'il sentait qu'il était compris.

En ce moment la cloche du couvent se fit entendre, c'était le signal accoutumé qui faisait sortir les frères du réfectoire;

I. 4

ils s'éloignèrent, faisant entre eux maintes réflexions sur l'étranger, mais louant tous sa foi, son air grave et animé, sa science, en doutant néanmoins si une ardente exaltation n'avait point troublé son cerveau.

Le prieur pensait autrement. Nulle idée ne lui paraissait trop forte pour être comprise; il invita l'étranger à le suivre, tandis que l'enfant jouerait parmi les fleurs du jardin. Après lui avoir fait monter plusieurs escaliers obscurs et étroits, il le conduisit dans la galerie supérieure qui dominait l'Océan.

— Si je ne me trompe, mon frère, lui dit-il, voilà le spectacle qui vous convient, ainsi qu'à moi. Ces flots! oh! ces flots dont on n'a jamais trouvé la fin, qu'ils promettent de merveilles! Et je ne suis qu'un moine! et il me faut rester en ce couvent! Tous les deux ils contemplèrent pendant quelque temps les vagues qui allaient se briser sur la côte.

Cet homme, qui sentait qu'il n'était qu'un moine, avait dans toute l'expression de sa figure quelque chose de martial. On comprenait que si l'humilité chrétienne ne lui avait pas ordonné de baisser quelquefois les yeux vers la terre, il les eût toujours levés avec fierté. Parlait-il des actions de ses compatriotes, ses regards devenaient ardens, puis, s'il venait à se rappeler que d'autres devoirs étaient pour le cloître, cette exaltation semblait s'éteindre au milieu de pensées pieuses : le feu de l'âme ne paraissait plus; il restait les vertus simples du religieux. C'était un de ces hommes qui n'ont jamais suivi leur impulsion, et toujours les devoirs imposés par une étrange destinée. Il était résulté de cette lutte de l'âme avec le sort une tristesse un peu rude, que tentait sans cesse d'adoucir la réflexion. Le emp

que le Père Juan Perez n'employait pas
en prières, il le passait sur cette galerie
couverte qui se trouvait à l'extrémité de
la bibliothèque du couvent, et où il venait
de conduire Colomb. De là on voyait à
quelque distance le petit port de Palos et
cette foule de barques de pêcheurs qui
l'animaient continuellement.

Marin toujours à l'abri des orages,
mais à l'abri de leurs fureurs, parceque
ses devoirs lui défendaient de les affronter,
le Père Marchena interrogeait continuellement le vent et les étoiles sur le sort des
frêles bâtimens qui sillonnaient devant lui
les flots.

Les hommes de mer venaient le consulter, lui demander des conseils et des
prières, et ils sortaient toujours du couvent de la Rabida plus instruits et surtout
plus résignés.

Au bout de quelque temps de silence,

le Père Marchena dit à Colomb :—Je ne suis
qu'un moine, moi, et je ne puis détacher
mes yeux des eaux de la mer, comme le la-
boureur ne peut détourner les siens de la
moisson des champs... Je vous comprends !
Que ne suis-je comme Don Enrique,
l'Infant de Portugal, un homme ayant
puissance et richesse! ainsi que lui, j'aurais
la volonté de voir s'étendre le monde ; car
toute ma joie, c'est de suivre ces flots qui
se brisent je ne sais sur quel rivage, mais
qui à coup sûr baignent des terres inconnues. Oui, Seigneur Génois, les frères
Pinzon n'entreprennent pas un voyage
aventureux qu'ils ne viennent m'en faire
le récit. Oh! que c'est une belle chose à
entendre qu'un récit de navigation sous
ce beau ciel, devant ces grandes eaux !
Mon cœur bondit alors comme ces vagues.
Vous viendrez, Seigneur Colomb, vous
viendrez, n'est-il pas vrai, si votre projet
réussit, me raconter à moi, pauvre reli-

gieux, ce que vous aurez vu aux terres
d'Orient ?

— Hélas ! mon Père, je n'aurai jamais
aucun récit à vous faire, si les rois sont
sourds à ma voix comme ils l'ont été jusqu'à présent. Je suis las d'espérer, las
de penser !... Et en disant ces mots, il
contempla la mer avec toute l'expression
du découragement.

— Point de tels regards sans espérance,
reprit le Prieur ; si Dieu voulait, Seigneur Génois, dès demain, vingt Caravelles aux pavillons flottans , vous les auriez,
avec des matelots de Biscaye et de forts
arbalétriers du royaume de Murcie, et
vous m'auriez aussi sur vos nefs, priant
Dieu qu'il nous fasse trouver la fin de ces
grandes eaux.

—Mon Père !... les vœux d'un saint
homme sont beaucoup aux yeux de
Dieu ; priez pour moi, car vous êtes le
premier qui m'ayez compris. Oh ! qui

m'aurait dit, sur cette côte aride, sablonneuse, où mon enfant criait, qu'une voix consolante répondrait à ma voix !

— Mon fils, ayez confiance en la grande voix qui parle au-dessus des eaux, et qu'on entend avec la foi. Et il se mit à prier, élevant quelquefois les yeux vers le ciel et les abaissant sur la mer.

Et il dit en se relevant : — Une pensée !... c'est une pensée de Dieu, puisqu'elle vient après la prière. Je vais écrire une lettre au Confesseur de la Reine pour vous faire connaître un médecin de ses amis qui vient souvent me voir et qui partage mes goûts : vous irez à la cour. Il y a ici des hommes pour vous comprendre, là-bas des hommes pour entreprendre vos projets, et une Reine noble femme qui a un cœur de Roi. Parlez-lui surtout comme vous m'avez parlé. Elle a un trésor à elle seule, un trésor cependant que personne ne lui envie : il se compose des âmes qu'elle ramène à la foi. Oh! parlez-lui de ce trésor céleste! et vous aurez l'or de la terre.

Et ils étaient encore en silence, regardant toujours la mer, quand la cloche du couvent sonna l'heure du repos. Le Prieur se retourna vers Colomb, il lui montra le ciel, et lui dit :—Adieu, mon frère; rappelez-vous un jour qu'ayant déjà la foi, vous avez eu pour la première fois l'espérance dans ce couvent.

Trois jours après, le pèlerin marchait vers Cordoue, où était la Cour; il n'avait plus nuls soucis de son enfant, qui était resté au monastère, plein d'ennuis d'abord, appelant son père, puis l'oubliant dans un frais verger ou sur les rives de la mer. Et lui, muni de quelque argent que lui avait prêté le bon Prieur, il portait ses lettres au Confesseur de la Reine. Il y avait encore loin du port de Palos à la découverte d'un monde.

CHAPITRE V.

Le chemin de Cordoue.

En sortant de Palos, Colomb longea pendant quelque temps les rives du Rio Tinto ; il passa la nuit à Huelva, où il avait d'abord eu l'intention de se rendre avec son fils, puis il entra dans les plaines qui devaient le conduire à Séville. On ne pouvait pas précisément dire de cette partie de l'Andalousie ce que les Espagnols répètent en parlant de la Castille : *L'alouette qui la veut traverser doit porter son grain.* Cependant il était aisé de voir à la négligence de certaines cultures, que ce beau pays, depuis long-temps, n'était

plus au pouvoir des Maures. De temps à
autre le voyageur apercevait dans la campagne des villages presque abandonnés,
et de petites Mosquées carrées, à dôme
aplati, dont on avait fait des chapelles
chrétiennes en élevant dans l'intérieur un
autel, et en plaçant une petite croix au-
dessus de la porte, qui était presque toujours un peu plus ornée que le reste de
l'édifice. D'espace en espace on voyait de
grandes yeuses, qui étalaient sous un ciel
ardent leur feuillage toujours vert; puis,
dans les endroits baignés par quelque
ruisseau, on rencontrait des lauriers-rose
couverts de leurs belles fleurs, qui con-
trastaient, par leurs tiges gracieuses et
légères, avec les agaves aux feuilles immobiles et bleuâtres. Souvent un dattier,
qui balançait ses palmes frémissantes au
milieu des arbres communs au reste de
l'Europe, indiquait le voisinage du climat
africain; en d'autres endroits, le cha-

mærops, ce palmier si répandu à l'extrémité de la Péninsule, formait ces
bosquets élégans qu'on désigne sous le
nom de *Palmar*. On voyait encore de
grands espaces où le câprier, que les Espagnols appellent *chaparal*, couvrait les ro-
ches à fleur de terre de sa verdure, et
parait ainsi les champs les plus stériles de
ses rameaux traînans. *L'azébuche*, ou l'o-
livier sauvage, s'emparait au contraire des
terrains fertiles, quand ils avaient été
abandonnés par l'agriculteur; la sauge,
les cistes glutineux, exhalaient leur odeur
forte et pénétrante sous ce soleil ardent,
tandis que le tamaris et le nérion embel-
lissaient de leurs fraîches couleurs le bord
des ruisseaux alors desséchés.

Colomb marchait donc au milieu de ce
pays si varié dans ses productions, si curieux par les souvenirs qu'il rappelait;
tantôt il s'arrêtait dans ces petites mosquées solitaires qui étaient devenues des

chapelles chrétiennes, et il priait; tantôt il s'asseyait sous un grand chêne vert, contemplant avec admiration le spectacle imposant qu'il avait sous les yeux, respirant le parfum des plantes aromatiques, puis s'animant de ses grandes pensées, pour pouvoir franchir plus rapidement le long chemin qui le séparait encore de Cordoue. Il marcha courageusement durant la matinée, quand il y avait encore un peu de fraîcheur dans l'air, un peu de rosée sur les bruyères; mais vers le milieu du jour il se trouva dans une grande plaine, couverte seulement de genêts et de quelques petits palmiers dont l'éclatante verdure semblait braver l'ardeur du soleil; il marchait, mais il était aisé de voir que la chaleur qu'il faisait alors lui avait ôté une partie de ses forces. Il paraissait être abattu; son front baigné de sueur était incliné vers la terre, on eût dit qu'il cherchait à tromper la fatigue par

une méditation active; mais le regard
qu'il jetait par intervalle sur l'horizon
trahissait l'accablement dans lequel il allait tomber.

Il regardait les lignes d'un rose éclatant
que formaient au loin des nérions en fleur,
et qui lui faisaient espérer qu'une source
d'eau vive n'était pas éloignée, quand il
vit venir à lui, par un chemin de traverse,
un cavalier qui semblait richement vêtu ;
car le soleil, donnant en ce moment sur ses
armes et sur ses broderies en or, le faisait
briller dans la plaine comme un météore
rapide qui aurait rasé la terre au lieu de
s'élever vers le Ciel. Ce cavalier, qui allait
ainsi solitairement dans la campagne, fut
bientôt près du pauvre voyageur, qui continuait sa marche, mais qui paraissait de plus
en plus accablé par la chaleur, et n'avancer
encore que pour gagner un olivier sauvage
s'élevant dans la plaine à peu de distance. Distrait par ses pensées, et surtout

par l'idée désespérante du chemin qui lui
restait à faire, Colomb regarda un moment le cavalier lorsqu'il fut près de lui,
il ne le reconnaissait pas d'abord, quand
celui-ci lui dit: — Eh! Seigneur Pilote,
que faites-vous ainsi tout seul dans ces
grandes plaines brûlées par le soleil? En
vérité, vous êtes la dernière personne que
j'aurais cru devoir rencontrer au milieu
de cette campagne, et à coup sûr c'est une
joie envoyée par Dieu au voyageur solitaire, que la compagnie d'un homme docte
en toutes les sciences comme vous l'êtes.
Oui, c'est une source encore plus précieuse pour l'esprit, que ne peut l'être au
corps fatigué la fontaine qui jaillit dans le
désert.

Colomb reconnut alors Ismaël Ben
Kaïzar, et s'inclina comme pour le remercier de sa courtoisie. Le jeune homme put
remarquer alors l'altération qu'il y avait
dans tous ses traits.

— Mon Dieu! Seigneur Pilote, que vous paraissez fatigué! vous semblez aussi abattu au milieu de cette bruyère, que vous étiez vigoureux et dispos quand notre petite embarcation fendait les vagues, et que vous teniez le gouvernail, nous faisant filer joyeusement entre les brisans de la côte.

— Je suis en effet bien fatigué, Seigneur Maure, dit Colomb de ce ton de voix bref qui indique le désir de ne pas continuer long-temps la conversation avec la personne qui vous adresse la parole. Le cavalier avait mis son cheval au pas.

— Écoutez, Seigneur Pilote, nous avons un proverbe arabe qui dit : « Jeune voyageur, tu choisis dans le désert, pour t'abriter, le plus vieux palmier, et tu l'honores à cause de son ombre. Incline-toi devant celui qui est plus âgé que toi, sa science est un abri plus utile que celui du palmier. Descends de cheval s'il est fatigué, secoure-le si on l'offense. » Vous voyez, Seigneur Pilote,

que, selon ce conseil d'Abou Beker, ou
de quelque autre sage, je ne puis rester à
cheval. Montez donc, je vous en supplie,
sur mon andalou; cette chaleur ne peut
m'incommoder, moi qui ai traversé déjà
le Sahra; mais pour vous, elle peut être
dangereuse; montez, je vous en prie. Et
en disant ces mots, le jeune Maure s'était
jeté à bas de son cheval et le présentait à
Colomb, qui se défendit d'abord d'accepter une offre si courtoise, mais qui ne
put bientôt résister aux instances que lui
fit Ismaël. La fatigue excessive qu'il éprou-
vait, la manière pleine de grâce et d'obli-
geance dont le jeune Maure réitérait son
offre, je ne sais quelle expression de bien-
veillance et de respect qu'il put lire dans
ses regards, triomphèrent peu à peu de ses
préjugés : il consentit à monter sur l'andalou jusqu'à une *venta* (1) qui montrait

_____

(1) Auberge.

son toit rouge à l'extrémité de la plaine.

— Là, Seigneur Pilote, dit Ismaël, vous pourrez reposer tranquillement pendant la grande chaleur du jour, et moi je trouverai un écuyer qui doit m'attendre. Vous avez peut-être été aussi surpris de me voir dans ces plaines que moi de vous y trouver, mais pendant quelque temps notre route est la même, car je me rends à Grenade. Il y a en ce moment une trève entre les Maures et les Chrétiens, et l'alcade de Palos n'a pu me retenir comme il en avait l'intention. Car, à vous dire la vérité, je n'avais pas trop suivi les conseils de la prudence en débarquant en Espagne dans ce port, bien qu'il y ait permission pour les Maures de voyager en ce moment dans leurs anciennes possessions. Car tout ceci, Pilote, continua Kaïzar en montrant le vaste paysage qu'ils avaient devant eux... cette belle campagne maintenant abandonnée nous a appartenu.

4.

— Seigneur Ismaël, dit Colomb d'un ton grave, Dieu rend quelquefois aux peuples repentans ce qu'il leur a enlevé en sa colère. On dit en effet que les Maures sont dans une affreuse position, divisés entre eux, plongés dans des joies mondaines, et se réveillant de leur indolence pour se trouver au milieu des plus terribles angoisses, puisqu'ils perdent peu à peu leurs places fortes, et, ce qui vaut mieux que des places fortes, l'énergie de leur âme. Je vous le dis franchement à vous, jeune homme, il est fâcheux qu'un peuple aussi rempli des sciences de la terre qu'il est en honneur parmi toutes les autres nations, ne comprenne pas ce qui fait la force des Chrétiens.

— Je vous comprends, Seigneur Pilote, moi, et j'ai trop vécu parmi les Chrétiens pour m'offenser de votre pensée. Notre mal a encore une autre source; c'est la cruauté de nos chefs, leurs querelles en-

tre eux, les sujets divisés comme les Rois,
les Zégris et les Abencerrages se haïssant
avec autant de fureur que le Roi Mohamed El Zagal déteste son neveu Boabdil,
en horreur lui-même à son vieux père. Nos
revers viennent de cette brillante et hon-
teuse mollesse dans laquelle sont plongés
nos Chevaliers, les Vanegas, les Gazul, les
Gomeles ; mais patience, puisqu'ils l'ont
voulu, comme dit le poète : « L'échanson
de la mort s'approchera d'eux avec la
coupe du trépas, il en arrosera le jardin
de leur vie et ils seront anéantis. » Et en
achevant ces mots, le jeune Maure tomba
dans une rêverie profonde ; il en fut tiré
par une question que lui fit son compagnon de voyage, qui, lui désignant une
grande roche escarpée qu'on apercevai
à droite du chemin, lui demanda si ce
n'était pas cette roche fameuse, connue
dans toute l'Espagne sous le nom de *la*
Peña de los Enamorados, célèbre parceque

deux jeunes amans de religions différentes
s'étaient précipités de son sommet. Non,
Seigneur Pilote, c'est plus près de Grenade
que ce terrible évènement eut lieu. Oh! je
les ai bien connus. On pouvait dire de la
jeune fille, c'est un jeune lis de la vallée
de l'Yemen, du jeune homme c'est un
platane de Bentomiz; ils sont morts unis-
sant leurs branches et confondant leurs
parfums. Oh! qu'une telle mort dût être
douce, Seigneur Génois! Il y a de jeunes
platanes solitaires que brise le vent de
l'adversité et qui tombent seuls.

Colomb quoiqu'il fût occupé de pensées
fortes et graves, n'en avait pas moins une
ardente sensibilité, comme le prouvent
plusieurs évènemens de sa vie : il se re-
procha presque la question qu'il venait
de faire au Maure; car il se rappela en
ce moment avec quel empressement celui-ci s'occupait de la jeune dame chrétienne durant la navigation d'Italie en

Espagne, et surtout avec quels regards souvent il lui adressait la parole.

— Pour parler comme votre nation, Seigneur Maure, dit Colomb, je répliquerai qu'un jeune arbre fort et vigoureux résiste aux orages.

— Pilote, vous parlez de ces choses en homme qui ne connaît que les orages de l'Océan. Mais bien triste est le navire qui vogue seul, marchant sans but sur une mer sans fin pour rester toujours solitaire.

— Je vous comprends, Sidi Kaïzar, mais vous êtes trop jeune pour savoir qu'après bien des tourmentes le navire se trouve tout-à-coup dans un calme profond. C'est ce qu'apprend le temps, qui enseigne beaucoup de choses. Mais, dites-moi, qu'est devenu le Seigneur Andreas? croyez-vous qu'il ait poursuivi son voyage jusqu'à Cordoue?

— Il y doit être maintenant avec la fille de son frère, avec cette belle chré-

tienne que Sadi lui-même n'aurait pas
dédaigné de célébrer dans son jardin des
roses. Il y eut un temps, ajouta Kaïzar,
où un Maure pouvait aller de Grenade à
Cordoue, et de Séville à Grenade par de
beaux champs paisibles. En ce temps les
dames chrétiennes ne dédaignaient pas
toujours l'alliance des Maures! Mais maintenant... et ici il tomba dans un morne
silence.

Son compagnon sembla en ce mo-
ment avoir oublié la différence de religion
qui existait entre eux deux, car, sans lui
parler d'une manière directe de ce qu'il
croyait avoir deviné, il lui donnait mille
conseils pleins d'une tendre sagesse,
l'engageait à se distraire des idées tristes
qui paraissaient l'accabler, et mettait
lui-même de côté les pensées qui l'occu-
paient habituellement, pour s'informer de
ce qu'il prétendait faire désormais dans
son pays désolé. — Sans être des plus

riches parmi les Maures de Grenade, lui
dit Ismaël, ma fortune peut suffire à
moi et à mes amis. Je puis dire à un
hôte, Soyez le bienvenu : même dans le
désert vous me feriez plaisir en entrant
dans ma tente; ici vous m'honorez. J'ai
déjà écrit, par Velez de Malaga, pour
qu'on vînt au-devant de moi, à cette
venta que nous voyons maintenant dis-
tinctement. Je rentrerai dans Grenade,
Seigneur Pilote; et, comme vous me le
conseilliez fort bien tout à l'heure, je tâ-
cherai de me distraire; j'irai comme un
autre montrer mon adresse aux joutes de
Gelves; je prendrai ma part des combats
et des fêtes ... Il dit ces derniers mots
en souriant avec amertume, et il ajouta : Puisqu'ils ont encore des fêtes, et
que l'on parle de ceux qui y montrent
quelque adresse, quand on ne devrait parler que du courage, et du courage qui se
montre autre part que dans des jeux ! et

puis si Dieu l'a écrit sur la table sacrée (1),
qui est au ciel, il faudra quitter cette terre,
il faudra dire comme Lebid, « l'homme
n'est qu'une flamme légère qui brille, s'é-
lève et retombe en cendres. » Oui, Seigneur Pilote, on dira peut-être de Grenade ce que le poète disait des antiques
villes de l'Arabie.

Et le jeune Arabe se prit à réciter ces
vers d'un poète antérieur à Mahomet,
qu'il traduisait en espagnol à son compagnon de voyage.

« Ils ont disparu des lieux où les tribus
avaient placé leurs tentes, les vestiges de
leurs passagères demeures. Mina, qu'ils
habitèrent long-temps, est le domaine d'une
horrible solitude, ainsi que Goul, Ridjam et
les hauteurs des montagnes de Reyyan. Découvertes par les torrens, qui ont entraîné
la poussière, les traces de leurs habitations

(1) Le livre de la destinée, une plume immense y écrit
d'elle-même ce qui doit arriver aux hommes et ce qu'ils font.

ont reparu semblables au caractère confié
au roc. Ces lieux ont perdu leurs habita-
tans ; plusieurs années se sont écoulées ;
plusieurs fois les mois de la guerre ont
succédé aux mois de la paix ; les constel-
lations du printemps ont répandu leurs
fécondes rosées sur ces campagnes déser-
tes, les nuées orageuses d'été les ont ra-
fraîchies de leurs douces ondées ; elles
ont reçu le tribut des nuages nocturnes,
de ceux qui, au lever de l'aurore, obscur-
cissent le soleil, et de ceux qui, lorsque
le jour va finir, vont répétant au loin
l'écho répété de la foudre. Ici la roquette
sauvage se couvre de rameaux longs et
vigoureux; sur les deux rives du lit des
torrents, la gazelle devient mère, et l'au-
truche vient déposer ses œufs ; les antilo-
pes aux grands yeux s'y reposent en paix ;
auprès d'elles sont leurs petits, à peine
sortis de leurs flancs, et dont les troupeaux
couvriront bientôt ces vastes plaines.

Pourquoi interroger ces pierres sourdes
et immobiles? leur écho ne me rendra que
des sons confus; un peuple nombreux habitait cette plage aujourd'hui déserte (1). »

Pendant qu'Ismaël achevait cette longue et mélancolique citation d'un poète
arabe, Colomb était tombé dans une profonde rêverie. Cette chute des vieux empires, racontée à celui qui voulait découvrir un monde, lui rappelait à la fois la
fragilité des choses humaines et les gran-
deurs de ce beau pays que la guerre allait
encore désoler. Après avoir gardé quelque temps le silence, Colomb et Ismaël
abandonnèrent ce sujet de tristes méditations. Ils parlèrent de ce que les derniers Rois de Grenade avaient fait pour
les sciences, des nombreuses bibliothè-
ques de cette ville la plus savante alors de
l'Europe, des trésors qui s'y trouvaient

_____

(1) Voy. les notes.

enfouis, et que Cisneros devait bientôt
réduire en cendres. Ils discutèrent encore
si la boussole avait été donnée à l'Europe
par les Maures, ou si elle était due aux
voyages des Italiens. Et ils en étaient à ce
point important, quand ils arrivèrent à la
Venta. C'était, comme tous les établisse-
mens du même genre en Espagne, une
maison de fort pauvre apparence; mais
sa position sur le bord d'un ruisseau, au
milieu de chênes verts qui offraient leur
ombrage aux voyageurs, en faisait un
lieu de délices pour ceux qui venaient de
traverser des plaines arides. Ismaël Ben
Kaïzar ne s'était point trompé, en pensant qu'il y trouverait des gens arrivés
avec des chevaux au-devant de lui. Son
équipage était modeste, mais suffisant
pour gagner Grenade. Il passa avec Colomb
le reste de la journée; mais, vers le soir,
il se décida à profiter de la fraîcheur qui
se répandait dans la campagne pour par-

tir ; Colomb , accablé par la fatigue , re-
posait en ce moment ; à son réveil , il fut
étrangement surpris de trouver ce billet,
écrit en castillan par Kaïzar.

—Seigneur pilote , il y a une sentence
arabe qui dit : « Si le sage trouve douce
l'allure de ton coursier , offre-le-lui, il
l'honore en l'acceptant. »

Et le lendemain Colomb continuait son
voyage vers Cordoue sur le bel andalous.

CHAPITRE VI.

Dorothée à la cour.

Or j'apprendrai à mon lecteur, s'il s'in-
téresse à la jeune dame qu'il a vue en Italie, qu'elle est maintenant à la cour d'une
grande Reine, de cette Isabelle que toutes
ses fautes n'ont pu flétrir dans l'opinion,
parcequ'en se les rappelant, on se rappelle
aussi son noble cœur, son âme tendre,
son énergie pour le bien, et cette intelligence élevée, qui sut distinguer le génie
dans la foule et le montrer au monde en
dépit de l'amère raillerie et de l'orgueilleux
dédain. Mais elle était femme, et se trou-
blait quelquefois au milieu des orages po-

litiques, se laissant subjuguer par son
temps, quoiquelle ne se laissât pas subjuguer par son mari; voulant toujours le
bien, mais laissant faire quelquefois le
mal, quand on environnait son âme de
mystères politiques, dont, avec toute sa sa-
gacité active, elle ne pouvait se dégager; et
avec tout cela, je le répète, elle était puissante par son intelligence et par son cœur.

Isabelle, qui, dans la vie privée était
une mère tendre, une épouse dévouée,
une femme pleine de charme et de bien-
veillance; Isabelle ne tarda pas à aimer
cette jeune fille qui n'avait plus de mère,
et qui avait été élevée loin de son pays.
Gênes alors était célèbre entre toutes les
cités par son commerce avec le reste du
Monde, par les hommes célèbres qui cul-
tivaient les sciences et les arts. C'était pour
Isabelle un véritable plaisir que d'interroger Dorothée de Bovadilla sur mille cou-
tumes des terres étrangères; souvent en-

core elle se plaisait à lui faire répéter ces
beaux vers de Pétrarque qui se répandaient alors dans tout le Midi comme le
son divin d'une lyre harmonieuse. Puis
elle la priait de chanter quelques uns
de ces airs pleins de douceur et d'harmonie qu'on commençait à redire dans
la belle Italie, mais qui étaient encore
étrangers à l'Espagne, où l'on ne connais-
sait guère que la musique, à la fois vive, ardente, et mélancolique, de ces Maures que
l'on voulait vaincre, mais que l'on admirait;
et quand la jeune fille avait ainsi charmé
la Reine par une mélodie plus savante et
plus grave que celle qu'on entendait ordi-
nairement à Cordoue, ou bien à Séville;
quand elle lui avait parlé de Pétrarque et
de Dante, du Bibiena et d'Angelo, de la
cour d'un Doge ami des arts et des merveilleux édifices de Gênes, Isabelle reprenait souvent tout son caractère Espagnol.

— Attendez, belle Dorothée, lui disait-

elle, que Grenade la riche, comme ils l'ont
surnommée, tombe en notre pouvoir,
comme cela arrivera sans aucun doute
avant peu. Les Maures sont des infidèles,
mais il faut convenir que leurs poètes sont
ardens et sensibles ; Abdalla Alkasradgi,
Lakamisa Mohammed, n'ont point de ri-
vaux. Leur musique ravit aussi quand on
y est accoutumé ; il me semble quelquefois
que de vos doux chants et des leurs,
naîtrait l'harmonie qui convient aux
Espagnols, comme Mena cherche maintenant à mêler notre poésie à la vôtre.
— Oui, attendez, Dorothée, que nous
puissions entrer dans Grenade, et vous
verrez bien des merveilles.

Et en effet, ces Maures qui avaient répondu par leurs cris sauvages, aux cris
sauvages d'un Goth demandant vengeance
et vengeance sanglante ; ces Maures, sous
le beau ciel de l'Espagne, n'avaient gardé
que leur courage chevaleresque. Pendant

huit siècles, ils avaient bâti des villes pompeuses et élégantes, arrosé de mille ca-
naux, des champs qui n'étaient devenus
fertiles que par leur industrie; fondé des
universités, rassemblé de précieux manuscrits. C'était sous des palmiers transplan-
tés d'Asie qu'ils soupiraient doucement les
vers de leurs poètes, et les chrétiens, ra-
vis de cette poésie nouvelle, avaient plus
d'une fois essayé de les imiter; il y avait
donc haine de religion, sympathie de
pensée: au milieu de ces délices, je le répète, les Maures s'étaient amollis sans
cesser d'être braves; ils couraient encore
aux combats, mais c'était couverts d'armes
brillantes. Le fer disparaissait sous la
moire et sous la broderie; et ils étaient si
bien amis du plaisir, qu'ils cherchaient encore un plaisir dans les combats. Ils devaient être vaincus, car de tels hommes ne
pouvaient former une armée. Ils étaient
trop braves pour obéir. Aussi les admirait-

on sans les craindre, et prenait-on leur
musique, leur architecture, leur poésie
avant de les chasser du sol qu'ils ne pouvaient plus garder.

Même au milieu des guerres et des dis-
sensions, ce n'était parmi eux que tournois
et que bals où l'on exécutait ces zambras,
danses à la fois si vives et si gracieuses ; ce
n'était que carrousels, connus en Espagne sous le nom de jeu des cannes, dont
les vieilles chroniques ainsi que les romances parlent sans cesse, et que l'on peut
comparer sans doute au jeu du *Djérid* encore en usage parmi les Musulmans.

Deux peuples qui s'estimaient au quinzième siècle, en dépit de la religion, devaient plus d'une fois se mêler dans leurs
fêtes brillantes. C'est ce qui arrivait durant
ces nombreuses trèves où les Chrétiens
semblaient vouloir laisser aux Maures
quelques mois de repos comme par courtoisie chevaleresque ; en ce temps le nom

d'Ismaël parvint souvent aux oreilles de Dorothée, plus d'une fois aussi elle apprit en rougissant les couleurs qu'il portait. Elle changea les siennes; celles d'Ismaël changèrent aussi. C'étaient toujours les couleurs de Dorothée : et qu'on ne regarde pas pour cela le jeune Maure comme un berger de Pastorales; c'était alors un usage auquel on attachait la plus grande importance, et qui décidait souvent du sort de toute la vie. Une fière beauté, en se faisant raconter un tournoi ou une zambra, savait si elle était encore servie, comme on disait alors, par celui qui peut-être ne lui aurait pas déclaré son amour. La devise en disait bien davantage, celle que portait Kaïzar sur sa targe de Fez, ne changea pas pendant long-temps.

C'était une fleur d'or inclinée, et la devise disait : Un regard du soleil l'a flétrie.

Plus d'une fois Dorothée l'apprit en rougissant; Kaïzar, aux joutes de Gelves,

avait été vainqueur; il avait attiré l'attention des Dames maures, et souvent elles
avaient cherché à expliquer cette devise, qui, pour la belle Génoise, n'avait
point sans doute besoin d'explication;
mais ses idées religieuses, déjà vives et pro-
fondes à Gênes, s'étaient de plus en plus
exaltées à la cour d'Isabelle. Au moment
d'écraser les Maures par un dernier effort,
les prêtres espagnols essayaient de ranimer une haine religieuse que l'habitude
avait émoussée. Dorothée ne pouvait plus
penser à Kaïzar sans terreur; mais elle lui
faisait encore un sacrifice muet et terrible en osant s'occuper de lui, car il y
avait des momens où elle était persuadée
que c'était se vouer à d'éternels tourmens,
que d'oser se rappeler les soins d'un infidèle et la reconnaissance qu'elle lui devait. Andréas n'était pas resté long-temps
à Cordoue, et sans doute que sa présence
eût bien changé les idées de sa jeune

nièce ; ses longs voyages parmi les Orientaux avaient affaibli les préjugés du Chrétien ; mais il en était bien autrement de
l'homme auquel se trouvait désormais
confié le sort de Dorothée.

Bovadilla , Commandeur de l'ordre de
Calatrava, était un homme plein de hau-
teur et de fierté, qui avait tous les préjugés religieux de son siècle, sans en
avoir les vertus. Il détestait les Maures, et
ne savait même pas rendre justice à leur
courage; il les haïssait comme Mahomé-
tans et souriait de dédain quand il était
question de quelques uns de leurs exploits
chevaleresques. Témoigner devant lui quelque intérêt pour les habitans de Grenade,
c'était l'irriter profondément. Il n'était pas
employé à la cour, mais il y venait fréquemment; et chaque fois il faisait de nouveaux efforts pour faire partager ses opi-
nions à sa nièce ; dont le cœur combattait
toujours les préjugés, mais qui espérait

du moins sauver son âme par une appa-
rente froideur, si elle ne pouvait éteindre
entièrement ce qu'elle regardait comme
un sentiment criminel.

En dépit de la défense des prêtres,
les jeunes compagnes de Dorothée ne manquaient pas de demander de grands détails
sur les joutes qui se faisaient encore à Grenade et à Gelves. Souvent la Reine les interrompait alors, pour dire en souriant que de
tels récits n'étaient point conversations qui
convinssent à des dames chrétiennes, et qu'il
était plus souvent question à sa cour des
Chevaliers Grenadins, que de ceux de Calatrava; mais elle disait quelquefois aussi
qu'elle donnerait volontiers une partie de
sa puissance pour que des Chevaliers
tels que les Vanegas et les Gazuls devins-
sent Chrétiens. Oh! si elle eût regardé
Dorothée en ce moment-là, combien elle
l'eût vue rougir!

Et elle se troubla bien davantage un jour
que des messagers du roi Boabdil vinrent
en grande pompe demander aux deux rois
la permission de cultiver la Vega ; car, avec
leurs habits de fête, leur ville aux minarets dorés, ils en étaient réduits là, qu'il
fallait aller implorer des Chrétiens la permission d'ensemencer les champs fertiles
qui environnaient Grenade. Kaïzar était
parmi ces envoyés , moins richement
vêtu que les autres, mais plus noble par
le maintien ; et tout le monde disait en le
voyant passer : Ce Maure, à coup sûr, est gentilhomme, quoique Maure. Dorothée ne dit
rien ; et pendant le peu de mots que la Reine
répondit aux envoyés de Boabdil, ses yeux
furent baissés ; sans doute qu'Ismaël comprit ce discours muet , comme disent les
poètes espagnols ; car le lendemain les
Chevaliers de Grenade vinrent saluer la
Reine avant de porter à leurs compatriotes
l'heureuse nouvelle que les hostilités se-

raient suspendues contre les laboureurs.
Kaïzar, comme le plus jeune, venait le dernier; et sur sa targe de Fez il avait gravé
ces deux vers castillans :

Ya se eclipso mi esperança,
Y se aclaró mi tormento.

Dorothée le vit, Dorothée lut sa devise;
mais ceci fut rapide comme la pensée;
elle laissa échapper un long soupir et ces
mots à voix basse : Pauvres âmes... proie
du démon... Cependant, comme, avant de
s'éloigner, Isabelle interrogeait un des envoyés Maures qui lui peignait en traits
de feu les désastres qui avaient suivi la
prise d'Ojixar, et les souffrances de plusieurs familles Maures contraintes à s'exi-
ler, Kaïzar vit un moment les yeux de Dorothée s'arrêter sur lui avec une douloureuse expression; mais elle les détourna
aussitôt; et il dit en lui-même : Ainsi vers le

soir brillent quelquefois d'une lueur subite
les sommets glacés de la Sierra Nevada.
C'est un feu rapide qui réjouit un moment
le voyageur, et qui le laisse ensuite dans
les ténèbres.

———

CHAPITRE VII.

Le confesseur de la Reine, Macias l'Enamorado.

Un jour, après un de ces messages où les Maures cherchaient à cacher leur misère sous la pompe, la Reine, environnée de ses dames, devisait de gloire et de poésie; parlant de conquêtes, de vœux religieux à faire, et de lais d'amour à entendre. C'était dans un de ces appartemens où se mêlaient le luxe des Maures et la grave magnificence des Castillans, où l'on voyait sous d'élégans arceaux arrondis en feston, des colonnes frêles et dorées, que cachaient presque entièrement de grandes tapisseries aux couleurs éteintes, mais rappelant, par les sujets qu'on y avait brodés, les exploits du saint Roi Ferdinand; et puis un grand rideau cramoisi, sur lequel étaient également brodées les armes de Castille et de Léon, fermait l'entrée de cette salle royale, où bien peu de gens étaient admis.

On parlait devant la Reine d'une de ces cours d'amour qui se tenaient encore en Provence, mais qui n'étaient déjà plus soutenues par les vers de la *gaie science;* une dame charitable venait de dire son opinion sur des vers où Gomez Manrique s'adressait un peu librement au Roi et à Isabelle; et la Reine souriait de cette liberté de poëte, à laquelle on n'était pas encore accoutumé; puis on en revenait aux chants d'amour de Villena, et à ceux de Macias le Galicien; tout-à-coup la portière cramoisie fut soulevée, et une voix de page annonça l'évêque Talavera. Les récits d'amour cessèrent ; les chapelets à grains d'or, qu'on tenait encore sans dessein, furent déroulés aussitôt avec gravité ; la Reine elle-même, sans s'en apercevoir, prit un visage plus austère ; c'était son confesseur qui venait d'entrer. Il y avait dans tous les traits de cet homme je ne sais quelle expression d'humilité et d'orgueil ; il comprenait, quoiqu'on le lui cachât, l'impression que sa présence causait.

—Votre Altesse, dit-il à la Reine, car on n'appelait pas encore les Rois d'Espagne Votre Majesté ; Votre Altesse est avec ses dames en de saintes occupations ; la voie du Seigneur s'ouvre aux regards des fidèles en de telles conversations.

Isabelle prit aussitôt la parole, et lui dit :

— Sincérité vaut mieux qu'hypocrisie ; mon père, nous devisions en propos mondains ; votre présence nous a rappelé qu'il était des conversations plus chrétiennes.

— Toutes paroles ont leur temps, Ma-

dame, répondit l'Évêque en prenant un
siége qu'on venait de lui apporter par
ordre de la Reine. Les dames de cour ne
sont pas recluses de cloître; et d'ailleurs
je venais en ce moment vous parler de
choses qui tiennent plus encore du temporel que du spirituel; pour ma part, je
n'y attache pas grande foi; mais de saints
religieux me pressent continuellement,
afin que Votre Altesse en soit instruite. Il
y a maintenant en Espagne un homme
fort ignoré, arrivé récemment de Gênes
en assez triste équipage, et qui prétend
néanmoins augmenter les états de Vos Altesses; et j'ai promis de leur parler de ce
grand projet.

Ici l'Évêque examina avec plus d'attention le visage de la Reine, pour deviner
l'impression que lui faisaient éprouver les
paroles qu'il venait de hasarder; il ajouta
avec un sourire de courtisan : — Sans mes
bons religieux de la Rabida, qui n'ont au-

cune connaissance des choses de la cour,
et des embarras que donne le gouverne-
ment d'un si grand royaume, je ne me serais pas hasardé à entretenir Votre Altesse
de semblables folies.

—Et pourquoi pas ? pourquoi pas ? reprit la Reine : toutes pensées sont bonnes
à recueillir.

— Et celles - là, s'empressa d'ajouter
Dorothée, viennent d'un cœur droit, ho-
norant Dieu. Je connais le seigneur Colomb ; il est pauvre, mais il a le trésor
de la science.

Alors la Comtesse de Tendilla, à qui
Colomb était indirectement recomman-
dé, appuya les paroles de Dorothée d'un
de ces mots que savent si bien dire les
femmes qui ont résolu en leur cœur une
chose que détruirait quelquefois la réflexion ; c'est, chez elles, l'instinct de la
bienfaisance, qui réussit du premier élan,

ou qui s'éteint quelquefois sans aucun résultat.

— Ce que vous m'apprenez là, nobles Dames, reprit la Reine, est beau dans la pensée, et serait plus beau encore en réalité. Gagner des âmes à Dieu, et un monde à l'Espagne, comme notre frère de Portugal l'a fait pour son royaume, en naviguant le long des côtes inconnues de l'Afrique : oh ! ce serait trop beau pour mon règne et pour mon salut. Qu'en dites-vous, mon père ?

— Je crois, comme le disait tout à l'heure Votre Altesse, que toute pensée humaine est bonne à recueillir ; j'ajouterai surtout, lorsqu'elle vient d'un Chrétien ; et le Seigneur Colomb est plein de foi ; sans cela ma voix ne se serait pas fait entendre en sa faveur.

— Eh bien ! nous l'écouterons, dit Isabelle. Au temporel, vous le savez, mon père, nous aimons à juger par nous-mêmes; en ce qui touche à la foi, nous avons besoin d'un guide, et nous ne cesserons de le consulter. La Reine dit ces mots avec une déférence presque respectueuse ; Talavera comprit sans doute que sa Souveraine le verrait avec plus de plaisir dans un moment où elle serait seule, que dans celui où elle était environnée de ses dames; il se leva, salua avec respect, et se retira. Quelques momens après, on le vit à la porte du palais; et il parlait avec une sorte de chaleur à un homme mal vêtu, qui l'attendait depuis long-temps, appuyé contre un des piliers de l'Alcazar.

Et dans la salle royale les gais propos avaient recommencé; Dorothée parlait des poètes d'Italie, de Pétrarque à la douce voix, de Dante aux paroles sévères; la belle Marie d'Alençon disait quelques mots des vers naïfs et caressans de Christine de Pise; des joyeux dits de cet Alain

Chartier, qu'une bouche royale avait baisé en son sommeil ; et puis une belle Portugaise racontait l'histoire de Bernardim Ribeiro, le poète aux constantes amours, et la Comtesse de Padilla lui opposait Garcie Sanches de Badajoz, si mélancolique en ses vers passionnés : Alvarès de Villapandino, qu'on avait surnommé le maître et patron de la poésie; ensuite l'on chanta les vers et la musique de Juan de la Enzina, qui commençait à faire goûter à la cour ses pastorales dramatiques, gracieuses dans leurs naïvetés.

Et la belle Comtesse d'Arcos venait d'achever la romance où Macias (1) se plaint et de son amour et de sa destinée, quand la vieille Marquise de Roxas, qui ne parlait presque jamais, se leva tout-à-coup à la fin de la triste chanson du poète

(1) Le poète le plus célèbre du commencement du quinzième siècle. Il fit école, mais il ne nous reste que deux fragmens de ses poésies.

I. 6

galicien; elle semblait être parmi ces jeunes
dames comme un arbre desséché au milieu des fleurs; sa taille était élevée; elle
portait une longue robe noire, à la mode
du temps de Juan II, le Roi de Castille;
sa mante de velours, qu'elle ne quittait
point, lui donnait quelque chose encore
de plus austère; ses joues, maigres et brunes, ne laissaient voir aucunes traces de
ces couleurs qui animent quelquefois la
vieillesse; ses yeux enfoncés étaient habituellement fixes, ne rendant qu'une seule
expression; mais en ce moment ils brillaient de ce feu lent, qui, éteint par les
années, est avivé tout-à-coup par les souvenirs. Elle promena ses regards sur
toutes ces jeunes dames étonnées de la voir
se lever ainsi, elle qu'on apercevait toujours assise à l'extrémité de la salle,
muette en ses regards et en ses discours,
mais grave comme la mort dans sa len-
teur; et cette fois elle souriait, ... ja-

mais on ne l'avait vue sourire : puis tout-à-
coup son regard devint terne ; elle s'assit.
On faisait un profond silence, quoiqu'elle
n'eût pas encore parlé : elle parla :

— Vous chantez les romances de Macias
l'Enamorado, mes Dames, vous les chantez
tout attendries, et nulle parmi vous, peut-
être, ne sait sa triste fin ! J'étais jeune
comme vous, mes très belles dames ; j'étais
jeune quand on disait Macias le Galicien
est le plus doux poète qui soit né en Espagne et en Portugal ; en ce temps, le
grand-maître Villena faisait des vers pour
moi, ainsi que Santillane, et bien d'autres
avec eux. Ils y disaient que mon front était
d'argent, mes cheveux d'or, mes yeux,
deux vertes émeraudes ; j'étais cependant
une brune aux yeux noirs : ils disaient que
mes lèvres étaient un beau corail vermeil,
et que j'étais le riche joyau d'une illustre
maison. Hélas, mes Dames ! hélas ! je ne
serai bientôt que terre et poussière ; et

dites-moi pourquoi je ne puis songer encore sans sourire à ces chansons du Marquis de Santillane, et pourquoi aussi je
ne puis songer sans pleurer à celles de
Macias; et une larme coulait sur ses joues
ridées. Je vous le dis, je ne serai bientôt
que poussière et que cendres; soufflez la
cendre, et vous verrez encore le feu reluire; un feu pur, et qui donna cependant
la mort. Belles bouches rosées, quand
vous chanterez maintenant l'histoire de
Macias, vous n'aurez plus envie de sourire; beaux yeux bleus, vous vous mouil-
lerez d'une larme. Écoutez-moi encore
avec la permission de notre grande Reine.

On m'appelait Claire en ce temps, et je
n'étais pas encore Marquise; mieux me
valait ma jeunesse. Je fus promise en mariage au noble Marquis de Roxas, Chevalier au service du Grand-Maître de Calatrava, Don Enrique de Villena. Don Macias
était aussi un Chevalier galicien qu'aimait

le Grand-Maître et qui faisait l'ornement
de sa cour. Oh! Dames, que ne l'avez-
vous vu comme vous pouvez l'entendre,
puisque sa voix est toujours vivante.
Dames, que ne l'avez-vous vu! mes fraîches années vous sembleraient heureuses
d'avoir été aimées de tel Chevalier. J'étais
aimée, mais je n'étais pas encore Marquise. Marquise je devins; telle était la
volonté de ma mère : aimée je fus toujours; c'était le droit d'un cœur, et d'un
noble cœur, n'ayant nulle mauvaise pensée; seulement le cygne à la très douce
voix chanta tristement; et sa tristesse donna
jalousie; sombre, terrible jalousie, s'ac-
croissant de sa douleur, se nourrissant de
ses tourmens. Il ne faut plus chanter,
dit un jour à Macias le Grand-Maître,
il ne faut plus chanter Claire, Chevalier;
c'est le joyau d'une autre couronne, c'est
la fleur d'un autre jardin. Et il dit, lui :
On peut bien regarder la perle faite pour

réjouir les yeux de ses doux reflets; on peut bien aspirer l'odeur d'un lis blanc, qu'on ne doit pas cueillir. Chanter la perle, ce n'est pas la ternir. Le cygne chanta. En ce temps, on lui répondait de tous les rivages de l'Espagne, de toutes les montagnes de la Galice.

Oh! mon Dieu! mon Dieu! Un jour qu'il avait élevé plus tristement la voix, le Grand-Maître ne lui parla pas; mais de forts geôliers lui parlèrent, et il fut mis dans une prison fermée de gros barreaux de fer, comme si les barreaux de fer empêchaient une douce voix d'être entendue. Je l'écoutai alors, je l'écoutai: la perle se ternit, et se flétrit la fleur. Chacun des chants qui sortaient de la prison donnait douleur de mort à moi, et jalousie de crime au Marquis. Et les mois passaient ainsi, la mort me minant sourdement, la jalousie s'échauffant en sa fureur. Oh! Dames! Dames qui m'écoutez!..

Ici la vieille Marquise se leva et elle ré-
fléchit quelque temps, comme si elle devait continuer; puis tout-à-coup elle
retomba dans son fauteuil et elle dit :
Reine, sous votre puissance une telle
infamie n'eût jamais été commise; les
cœurs d'hommes pardonnèrent. Savez-
vous ce que devint Macias ?.... Le Marquis
alla lâchement l'égorger entre les barreaux
de sa prison. Et ne croyez pas qu'il ait osé
le frapper face à face : ce fut une javeline
qu'il lui lança. Et cet homme m'a laissé
son titre et son nom !... Oh ! il m'a laissé
aussi la haine pour le maudire..... La
vieille Marquise garda quelque temps un
morne silence ; les Dames, en larmes,
croyaient qu'elle pleurait; mais elle releva la tête, et ses yeux étaient secs. Elle
dit d'une voix plus ferme seulement, et
comme si cette émotion lui avait donné
un instant de force :... Une résignation
de quatre-vingts ans ne laisse plus de

larmes, jeunes Dames; mais je vous l'avais
dit : soufflez la cendre et vous verrez encore le feu reluire.

Or, lecteur, vous avez peut-être déjà
oublié Colomb, comme, hélas ! les Dames l'avaient oublié. Une seule , parmi
elles, en avait gardé mémoire. La grande
pensée germait dans un grand cœur.

Et cette pensée avait été jetée avec in-
différence au milieu de deux histoires
d'amour , d'une ballade et d'un sonnet.
Oh ! qu'il y en a ainsi de fortes pensées
qui s'éteignent sur le seuil des palais, que
regarde avec anxiété un homme couvert
de pauvres vêtemens, comme Colomb regardait le château de la Reine, où il n'avait
pas encore licence d'entrer !

Et il était venu, il faut l'avouer, dans
un moment bien peu favorable. Les deux
Rois pensaient alors à aller à Séville, à ren-
verser complètement l'empire des Maures,
à se rendre maîtres enfin de cette ville de

Grenade que les monarques d'Espagne con-
voitaient avec tant d'ardeur. Mais pour
avoir Grenade la Riche, il fallait beaucoup
d'argent. Pendant bien long-temps, Isabelle
ne favorisa Colomb que d'une approba-
tion bienveillante ; ce fut beaucoup que
d'être compris par une telle femme. Ses projets furent examinés plus tard par des docteurs ; ils ne le comprirent pas si bien avec
leur science qu'elle le comprit avec son
génie.

Vers cette époque le Soudan d'Égypte
intervint dans la guerre des Espagnols et
des Maures. Il avait juré, dit-on, dans le
cas où les hostilités ne cesseraient point,
d'exterminer les Chrétiens d'Orient ; l'idée
vague qu'avait eue d'abord Colomb d'aller
délivrer le Saint-Sépulcre en passant par
les Indes, s'exalta par cette menace, et devint de jour en jour plus vive.

CHAPITRE VIII.

Les deux Hidalgos. — Les propos de Séville.

— Don Cespedes, je vous donne la
bonne journée, et il me semble que celle-
ci commence pour vous d'une manière
fort heureuse; il y avait long-temps qu'on
n'avait vu votre Courtoisie représenter
d'une manière si brillante la maison de
Huerta y Ladrillero. Ce drap écarlate de
Bruxelles, cette toque brodée de Valence,
vous vont à merveille; et je vous demanderai l'adresse de ceux qui vous les
ont fournis, quand j'aurai reçu l'argent

qui me revient d'un pigeonnier que je
possède en Andalousie, et qui, si mes
voisins ne l'avaient point dépeuplé, me
rapporterait chaque année vingt mille maravedis.

— Seigneur Juan Guttierez de Villapadierna, répondit le cavalier avec une politesse pleine de gravité, les vieux Chrétiens meurent de faim parcequ'on laisse
trop travailler les nouveaux. Du reste, les
deux Rois y mettront bon ordre. Isabelle
et Ferdinand livreront bientôt à leurs véritables sujets des biens qui ne sont restés
entre les mains des infidèles que pour
eux. En attendant, les gens d'un courage
éprouvé n'en manquent point; leur épée
leur donne ce que leur refuse la fortune.
Et en disant ces mots, Don Cespedes ra-
justait sa fraise, que le vent venait de dé-
ranger.

— Si le courage donnait de la fortune,
Don Cespedes, dit à son tour le Seigneur

Villapadierna, en relevant sa moustache,
en posant avec une sorte de négligence
la main sur la poignée de sa longue ra-
pière, et en rajustant son manteau de
manière à cacher le délabrement de son
pourpoint, il me semble que les Villapadierna ne sauraient en manquer. Mais depuis quand l'Espagne offre-t-elle de si
belles chances ? Isabelle veut bien qu'on
batte les Maures, mais elle ne veut pas
qu'on les dépouille.

— Ce n'est point des Maures dont il
s'agit en ce moment, reprit Cespedes avec
gravité. Oserais-je demander à votre Sei-
gneurie ce qu'elle a fait hier durant la
journée ?

— Hier ? répondit l'Hidalgo en rajustant encore son manteau, qui de temps à
autre laissait entrevoir l'exiguité d'un
haut-de-chausses qui semblait n'avoir jamais été fait pour la longue taille de celui
qui le portait. Hier, j'étais convoqué avec

quelques Hidalgos chez Aguilar , pour aviser au siége de Grenade ; mais je me levai beaucoup trop tard pour aller entendre chez ce vieux Chevalier des discours inutiles. Au jour de l'attaque , et quand il faudra combattre , ajouta-t-il avec un ton qui tenait de l'orgueil, de la suffisance et de la bravoure, je serai plus diligent. Vous me demandez comment je passai la journée ? Mais je la passai comme j'en passe tant d'autres ; j'allai prendre le soleil sur la place de l'Alcazar (1) : j'y dis mon rosaire, j'y bus l'eau la plus fraîche et la plus limpide qui puisse être offerte à un gentilhomme, et, franchement, le temps me parut si court , que je n'eus pas le moindre désir d'aller dîner à la Casa de Pilate, chez le duc de Medina Celi, qui, soit dit en passant, devrait bien changer le nom de son hôtel. Mon page, en venant

(1) On dit en espagnol : Prendre le soleil, comme on dit ici : Prendre l'air.

recevoir mes ordres, m'offrit quelques
tranches du pain le plus blanc qui ait été
pétri dans Alcala de los Panaderos (1).
Quant à la soirée, rien n'y manqua : les
Bohémiens vinrent danser sur la place de
l'Alameda Vieja ; Mengo nous chanta des
vers de sa façon sur les désastres des Morisques.

— Eh bien ! seigneur Villapadierna, reprit Cespedes, quoique vous ayez passé
votre journée comme doit le faire tout
bon gentilhomme castillan, et que vous
ayez abaissé l'orgueil du vieux général en
dédaignant d'aller chez lui, vous auriez
fait encore mieux d'aller à la cour ; ce
qui s'y est passé est si étrange, qu'on ne
parlera bientôt d'autre chose dans la ville,
et je vous réponds que les deux rois seraient bien peu croyans dans notre sainte
religion, s'ils ne faisaient pas bâtir une

(1) C'est un village où se fait tout le pain qui se con-
somme à Séville.

église en l'honneur du grand saint Laurent, et en souvenir de la proposition qui
leur a été faite hier.

—Saint Laurent est un grand saint, Don
Cespedes! et vous me faites songer que je
lui dois deux pater; dites toujours, je vous
écoute; et Villapadierna, tirant son rosaire, se mit à murmurer sa prière accoutumée, sans pour cela cesser de prêter
l'oreille la plus attentive à ce que disait
Cespedes; et il roulait entre ses doigts,
avec une telle dextérité, les boules noires
de son chapelet, qu'on voyait aisément
que c'était chez lui une action aussi fami-
lière que celles auxquelles l'habitude ne
fait plus porter aucune espèce d'attention.

—Les deux rois ordonnaient de recevoir
hier quelques députés des Maures d'Illora,
jadis l'œil droit de Grenade, et Torquemada venait de parler à Ferdinand relati-

vement au Queimadero (1) qu'on doit incessamment établir à Séville pour la commo-
dité du saint office, quand un Génois s'est
présenté à eux dans un assez mince équipage, mais avec une contenance assurée,
comme il convient de l'avoir quand on
parle aux rois de l'intérêt des peuples. Il
a proposé, dit-on, à Leurs Altesses de leur
faire conquérir le Grand Cathay, et un
jour, peut-être, ce qui vaut mieux encore,
de rendre aux chevaliers la Terre-Sainte. Le
chemin par terre est trop long, c'est par
mer qu'il veut nous y conduire; il ne
demande que des hommes et quelques
vaisseaux. A sa proposition, le prudent
Ferdinand est tombé dans une rêverie
sérieuse, mais ce n'était point la rêverie sans but; car, quelques momens
après, il a adressé maintes questions au
Génois, qui répondait toujours d'une ma-

(1) Le Queimadero existe encore; le mot qui le désigne
veut dire brûloir. C'est une espèce de bûcher à poste fixe.

nière grave et précise, en homme religieux et sensé. Le monarque, selon sa coutume, proposait mille doutes et aurait
fatigué saint Antoine lui-même par sa cir-
conspection. La noble Isabelle est bien
différente de son royal époux, comme
vous le savez. Aussi, dès les premiers discours de Colomb, car c'est ainsi que se
nomme l'aventurier italien dont je vous
parle; dès les premiers discours, dis-je,
ses beaux yeux ont brillé de l'espoir d'un
grand avenir; elle écoutait et n'osait inter-
rompre le Génois. Elle a parlé bas au
Roi, et il était aisé de voir que sa voix
douce et puissante cherchait à détruire
le doute dans le cœur du monarque; car
il a été décidé que les théologiens s'as-
sembleraient pour savoir si la proposition
de Colomb était contraire à notre sainte
religion : entre autres choses étranges, il
dit que la terre est ronde; mais peu
m'importe si elle est assez grande pour

que j'y fasse fortune ; quant à Colomb, il
parle en sage. Medina Celi, qui le connaît
beaucoup, m'a présenté à lui comme un
jeune homme de courage, et lorsque je lui
ai dit que j'étais prêt, tant que la sainte
Église le permettrait, à le seconder de
mon épée, il m'a embrassé d'une manière
toute paternelle, et m'a passé au doigt un
anneau bénit. Mais tenez, voici Don Mello,
ce brave Galicien qui nous est arrivé depuis quelques jours; vous pouvez l'interroger sur ce qui s'est passé hier, car il a
été consulté, dit-on, par les deux rois. Don
Mello, en effet, se dirigeait vers les deux
interlocuteurs; c'était un homme de moyen
âge, aux cheveux noirs, au front ba-
sanné, à la taille courte et ramassée ; il y
avait dans sa physionomie une étrange mo-
bilité, son regard était ardent plutôt que
grave, sa contenance plutôt celle d'un
soldat que d'un Hidalgo.

— Eh bien ! seigneurs cavaliers, dit-il en

abordant les deux Castillans, vos courtoisies ne vont-elles pas aux exécutions du saint office qui se célèbreront, dit-on, aujourd'hui ; vous êtes bien lents avec les Maures ; comptez-vous les brûler ainsi un à un. Je conviens que c'est un spectacle agréable à Dieu que la mort de ces infidèles ; mais je vous dirai franchement que la guerre vaut mieux, et lui fait autant de plaisir. Aussi n'hésiterai-je pas à suivre le Génois, si les théologiens le permettent ; car, avant tout, il faut être agréable au Seigneur et ne pas essayer d'aller en paradis par la route de l'enfer.

—Que Dieu vous accompagne, Seigneur ! reprit Villapadierna, mais je ne puis aller pour ce moment au Grand Cathay ; j'ai mes propriétés à défendre.

— Le Seigneur Villapadierna, reprit alors Cespedes, se rappelle toujours notre proverbe Sévillan qui dit, Le plus beau pays de la terre, c'est celui qu'on voit de Giralda (1); et le Cathay lui semble trop éloigné de ses pigeonniers d'Andalousie. Comme il achevait ces derniers mots, deux hommes de bonne mine, qui semblaient appartenir à l'armée, les joignirent et se mêlèrent à la conversation, qui continua à rouler sur Colomb.

— Et en bonne foi, Cavalleros, dit le premier, croyez-vous que les deux Rois puissent songer le moins du monde à écouter les projets de ce fou, quand cinquante mille hommes sont sous les armes et prêts à entrer dans la Vega de Grenade, aussi vrai que Pilate est né à Séville! je ne donnerais pas deux maravedis à un tel extravagant.

— Qu'il vienne se battre avec nous contre les Maures s'il a tant envie de faire la guerre pour notre sainte religion.

(1) Fameuse tour bâtie par le Maure Guever, où l'on prétend qu'on peut monter à cheval. C'est un vieux conte des anciennes géographies.

— Et savez-vous, Seigneur Moreno, qu'il ne faudrait pas trop le presser pour cela, car il a demandé à la Reine la permission de l'accompagner. On lit dans ses regards courage et réflexion.

— Nous verrons bien, Cavalleros, nous verrons bien ; mais si vous voulez assister au départ des troupes que conduisent Aguilar et Gonçalve de Cordoue, il faut nous hâter. On dit que la Reine s'est fait faire une belle armure pour venir au siége de Grenade, et qu'elle assiste à la revue des troupes qui vont entrer dans la Vega pour bâtir une ville chrétienne devant la ville des Maures.

En ce moment, on entendit les anafiles et les clairons qui retentissaient dans le lointain. Les Hidalgos s'acheminèrent vers l'*Alameda Vieja*, où les troupes étaient rassemblées, et formaient déjà un coup d'œil merveilleux par la diversité des costumes et surtout l'éclat des armures.

CHAPITRE IX.

Le siege de Grenade.

Il y a une vieille romance espagnole qui dit : Grenade est dans le trouble, Grenade est en armes, et les habitans souffrent mille morts pour la cause de trois Rois ; car chacun veut le sceptre et la couronne de Grenade, et son territoire. L'un est Muleyhazen, et ils lui appartiennent de droit, l'autre est son fils qui les veut en dépit de lui ; l'autre encore est le Gouverneur, que le vieux Roi avait mis en la cité (1) ; Almorades et Almohades donnent le sceptre à celui-ci. Les Zégris le veulent

(1) Mohamed El Zagal, oncle de Boabdil.

pour le Roi Chiquito, disant qu'il en est
héritier. Les Vanegas et les Abencerrages
le lui disputent, assurant que nul ne
doit régner jusqu'à ce que Muleyhazen
soit mort. Mais le vieux Muleyhazen est vivant et garde le royaume, et là-dessus les
guerres vont consumant Grenade.

C'était l'histoire de la ville à la fin du
quinzième siècle, mais, dans cette lutte de
tant de volontés différentes, Boabdil, surnommé par les Espagnols El Rey Chiquito,
était celui qui avait réellement le plus de
pouvoir. Tout le monde connaît l'histoire
de ce Prince sans foi qui avait été prisonnier des Espagnols, et qui avait trahi ses
sermens comme il devait un jour abandonner ses sujets. Les vieilles romances
nous disent comment, après la fuite de
son oncle, il perdit Alhama, ville qui,
dans sa détresse, pouvait lui être d'un si
grand secours; comment encore un Zégris
vint lui apprendre qu'on s'était battu sur

les bords du frais Rio *Genil*, et que les Chrétiens seraient bientôt devant Grenade, dernier rempart de l'Islamisme, dernière ville qu'on eût à conquérir pour chasser les Maures de l'Europe.

Dans ce dernier revers, Boabdil se montra sans aucune énergie, laissant les Chrétiens s'emparer des belles campagnes qui entourent Grenade, permettant à ses Chevaliers d'aller livrer dans la plaine des combats dont ils ne retiraient qu'un honneur inutile pour la patrie. Le peuple se serait battu, mais il se trouvait épuisé par la famine. Il est permis de croire que plusieurs grands Seigneurs étaient déjà gagnés par Isabelle et par Ferdinand, qui entretenaient, depuis long-temps, des intelligences dans la ville.

Grenade la Riche, dont parlent tant les vieilles chroniques; Grenade, qu'on pouvait regarder comme le centre de la civilisation européenne, devait succomber.

Ces villes de pompe, de science et de plaisirs se défendent mal. Celle-ci ne se défendit guère que par sa beauté ; les Maures savaient bien que les Chrétiens n'oseraient jamais brûler la ville du Généralife et de l'Alhambra.

La Reine Isabelle voulut voir le spectacle imposant de cette cité d'infidèles, succombant devant la Croix. C'était une scène digne d'une Reine chrétienne, dont l'âme ardente et généreuse protégeait déjà d'avance des hommes d'une religion différente, mais qui allaient devenir ses sujets. Plus tard, s'ils furent persécutés, ce n'est pas à elle qu'en doit être imputé la faute. Elle contribua à rendre plus léger le joug qui allait peser sur un peuple entier. Que n'eut-elle devant les inquisiteurs cette énergie qu'elle sut opposer si souvent à la volonté de Ferdinand !

Quand il eut été résolu que Grenade appartiendrait aux Chrétiens, les deux

Rois dressèrent leur camp dans la Vega de Grenade, à huit mille pas, disent les chroniqueurs, de ses remparts. Ce fut bientôt une ville chrétienne devant une ville musulmane. Quelques constructions s'élevèrent à la hâte au milieu des tentes, et l'on entoura cette cité nouvelle d'une muraille de toile peinte. En peu d'heures, les habitans de Grenade virent s'élever ces nouveaux remparts comme par enchantement.

Cette ville élevée ainsi tout-à-coup au milieu d'une riche campagne devant une autre, dut sembler aux Arabes un prestige de la féerie; la Reine la nomma *Santa-Fé*, et les chroniques nous rapportent qu'elle y demeurait dans le pavillon du Duc de Cadiz, environnée des meilleurs Chevaliers de la chrétienté. C'était un Gonçalve de Cordoue, qui allait diriger bientôt des guerres plus périlleuses; c'était un Aguilar, qui devait acquérir une si triste

célébrité dans la Sierra Vermeja, un Rodrigue, ce Grand-Maître que les Espagnols auraient pu appeler leur Chevalier
sans peur et sans reproche, Don Manuel
Ponce de Leon, le descendant des Rois de
Xerica; Alarcon, si plein de bravoure, et
ce Garcilaso de la Vega qui commençait
sa célébrité dans la plaine de Grenade
pour l'achever dans les campagnes de
l'Italie. C'était encore Hernand del Pul-
gar le chroniqueur; et enfin Colomb, qui
allait inconnu parmi ces hommes déjà célèbres; lui qu'on dédaignait sans doute,
mais que, dès cette époque, Isabelle savait
protéger.

Oui, Colomb était au milieu de ces Seigneurs, encouragé par les uns, découragé
par les autres, traité de fou par Fonseca,
de sage par le Cardinal primat; mais reconnu par tous pour un homme de science
et de résolution, car il était hardi dans l'action, comme il était audacieux par la pen-

sée. Et voyez, il se battait dans la Vega
de Grenade pour découvrir le Nouveau-
Monde ; car on lui avait déclaré que ses
projets ne seraient exécutés qu'à la fin de
la campagne.

Oh! que c'était un merveilleux spectacle
que cette foule de chevaliers renommés, autour d'une grande Reine, chevauchant dans
la plaine par un beau jour. Les tours rouges
de l'Alhambra se dessinaient sur la Sierra
Nevada ; puis de beaux champs paisibles,
environnaient des champs où se pressaient,
s'agitaient plus de cinquante mille hommes coiffés de casques d'acier, de toques
de velours, portant lances et mousquets
à mèches, pertuisanes et targes de Fez ; et
qui eût vu tout cela du sommet des hautes
montagnes, n'eût vu qu'une grande nappe
de verdure où scintillaient des points
dorés, où brillaient quelques couleurs
vives, comme des fleurs dans la prairie.

Et ainsi nous apparaissent, du sommet

des siècles, les armées, les villes assiégées,
les grands hommes, les nobles dames,
points lumineux confondus dans l'espace
des temps.

Descendons, essayons de redonner la vie
à ces siècles éteints.

Ferdinand V., l'époux de la Reine Isabelle, était un homme de courage, habile
et actif en ses entreprises, quand elles
étaient bien résolues. Un dicton populaire
le peignait alors et le peint encore de nos
jours. Les Français l'appelaient le Perfide,
les Italiens le Preux, les Espagnols le
Prudent et le Sage.

On pourrait presque dire qu'il mérita
ces divers surnoms durant la guerre de
Grenade. Sachant que les Maures pouvaient réunir trente mille hommes dans les
montagnes, il s'était porté avec des forces
considérables sur Padul, au passage qui
conduit de Grenade dans les Alpujarras ;
toute la cavalerie de la ville était sortie

contre lui ; mais les comtes de Cabra et de
Tendilla avaient mis en fuite les Maures en
leur tuant cinq cents hommes. On s'était
emparé des défilés de la Sierra où il y avait
eu quelques escarmouches favorables aux
Chrétiens.

La ville de Santa-Fé avait été édifiée à
la fin du mois de mai ; Isabelle y était arrivée quelque temps après avec plusieurs
ecclésiastiques et l'Ambassadeur de France.

Elle se plaisait à examiner les progrès du
siége, et elle était fréquemment témoin
des escarmouches qui avaient lieu dans la
Vega. Le 18 juin elle alla à un endroit appelé la Zulas, et s'il fallait en croire les
vieilles chroniques, les Maures seraient
sortis pour livrer un combat aux Chevaliers de sa suite. Six cents d'entre eux auraient péri sous les murs de Grenade,
tandis qu'un Chrétien nommé Don Ra-
mon de Rocafull, aurait été le seul homme
du parti de la Reine tué dans cette affaire.

Dans tous les cas cette escarmouche à laquelle assista Boabdil, fut le seul combat un peu chaud qui eut lieu durant le siége, et tout se passa d'ailleurs entre la cavalerie. La Reine continua ses promenades militaires dans la Vega.; aussi ravie du spectacle imposant qui s'offrait à elle que de l'avenir glorieux qui se préparait pour la chrétienté.

CHAPITRE X.

Le cheval d'Albayaldos. — Le Défi.

Quelques jours après l'affaire du 18 juin, la Reine voulut juger encore par elle-même des progrès que faisait son armée, elle sortit des remparts de Santa-Fé, et s'avança dans la plaine de la Vega, suivie d'un cortége nombreux de Dames et de Chevaliers. Elle portait une armure de Milan, damasquinée en or, et son casque léger était entouré d'une couronne étincelante de pierres précieuses(1). Son cheval de guerre semblait accoutumé à un plus,

(1) On voit encore à l'Escurial l'armure que portait Isabelle.

lourd fardeau, et elle réprimait avec
adresse l'ardeur qui l'animait. La belle
Dorothée suivait la Reine ; elle montait
avec une grâce timide un cheval beaucoup
moins fougueux, mais les mouvemens que
le noble animal faisait au bruit d'une
fanfare guerrière, donnait à la jeune Ita-
lienne une expression de crainte qu'elle
avait de la peine à dissimuler et qui con-
trastaient avec l'assurance noble et réflé-
chie d'Isabelle devenue guerrière parcequ'elle était Reine, comprimant sans cesse
les élans de son cœur pour ne montrer
que les sentimens de son rang. Elle avait
coutume de dire :—Les autres femmes sont
heureuses de n'être que des femmes ; Reine
il faut cesser d'être aimée, pour être toujours obéie.

En ce temps, elle se montrait fréquemment à l'armée, et elle aimait quelquefois à parcourir les rangs des soldats
sans être accompagnée de son royal mari.

Tout ce qui pouvait faire comprendre la différence de ses droits lui plaisait. Épouse tendre dans l'intérieur du palais, elle ne cessait point d'être une souveraine fière de ses prérogatives et de la gloire de ses peuples ; aussi s'entretenait-elle en ce moment avec chaleur du rang que les Castillans devaient occuper dans l'armée, et de la manière dont l'attaque serait dirigée, quand la ville de Grenade, réduite à un entier dénuement, pourrait être assiégée avec succès. Elle adressait tour à tour la parole aux généraux qui l'entouraient et à deux Alcaïdes Maures qui, après la prise de Malaga, étaient entrés dans le parti des Chrétiens, plutôt par la haine qu'ils portaient au Chiquito, que par bassesse et par manque de courage.

Tels étaient les funestes effets des guerres civiles de Grenade, que les représentans des plus grandes familles n'hésitaient point à offrir leur service au Roi Catholique,

espérant que la nation retrouverait ses
droits, et qu'ils reprendraient leur rang
après avoir chassé un Roi devenu odieux
au plus grand nombre.

La cavalcade se trouvait en ce moment
près de la porte d'Elvire qu'on apercevait
dans le lointain ; Isabelle dit à l'un des
Alcaïdes :

— Seigneur Almorad, croyez-vous que
si le Dieu des Chrétiens nous donnait la
victoire, il fût possible d'entrer dans cette
ville superbe, sans que le sang des hommes coulât à grands flots, sans que le
fleuve Genil devînt rouge du sang des
femmes et des enfans, car le Dieu de la
victoire peut être aussi un Dieu de clémence.

—Les Saintes Écritures en font un Dieu
jaloux de ses droits, Madame, dit Dona
Galendez, surnommée la Latina, qui suivait la Reine sur une mule caparaçonnée
d'écarlate ; mais Isabelle ne répondit rien

à cette citation sanglante des textes sacrés,
et elle adressa de nouveau la parole à l'alcaïde qui semblait réfléchir profondément,
et qui parut se réveiller d'une pénible rêverie, comme si, pour la première fois,
il avait senti son crime.

— Jamais, Dame et Reine, jamais vos
Chevaliers Aragonais et Castillans n'en-
treront dans cette ville, sans que le sang
change la couleur du fleuve Vert ; jamais,
tant que se trouveront dans ses murs le bon
Gazul, les Zégris, les Vanegas, les Gomeles
et le brave Ismael Ben Kaïzar, oh! non,
jamais vous n'y entrerez sans verser du
sang.

Et comme il disait ces dernières paroles,
le cheval de la belle Génoise se cabra en
hennissant, car la main qui le contenait
avait cessé de tenir la bride, et cette main
était blanche et froide comme la neige du
mont Nevada, qu'on voyait dans l'éloignement au-dessus des murs de Grenade.

La Reine s'aperçut promptement du trouble de sa jeune compagne, et elle lui dit avec grâce, en lui adressant la parole en italien : — Doña Dorothée de Bovadilla, vous n'êtes point accoutumée aux récits de guerre, et surtout à la vive allure de nos coursiers andalous ; je regrette maintenant de vous avoir engagée à parcourir avec nous la Vega. Latina, continua-t-elle en s'adressant à la vieille Dame vêtue de noir, qui l'accompagnait depuis son enfance, et à laquelle elle parlait toujours avec un ton de déférence et d'amitié, faites-nous la faveur de rester près de cette jeune Dame ; et vous, Seigneur Colomb, entretenez votre belle compatriote d'autres discours que de ces propos de guerre, que les Reines sont obligées d'entendre, et que les jeunes filles peuvent oublier ; à la fin de ce siége, nous vous écouterons à votre tour, car vos paroles sont d'un vrai catholique et d'un homme docte, à

la science duquel nous croyons. Elle ac-
compagna ces derniers mots d'un sourire
à la fois grave et doux, qui semblait présa-
ger la gloire du Génois.

Colomb se rapprocha en effet de Dorothée ; mais la Latina, tout en exécutant
les ordres de la Reine, n'adressa point la
parole aux deux étrangers, et la cavalcade
se remit en marche dans la Vega, admi-
rant tantôt les minarets dorés des mosquées de Grenade, et les cimes argentées
de la Sierra Nevada, que le soleil à son
déclin colorait de rose et d'azur.

Quand on fut arrivé presque en face de
la porte d'Arbolote, non loin de l'endroit
où un Maure célèbre, le brave Albayaldos,
avait succombé naguère sous les coups
du Grand-Maître de Calatrava, la troupe
s'arrêta un instant pour se rafraîchir sous
les oliviers sauvages qui croissent dans
cette partie de la Vega. On voyait dans
l'éloignement cette fontaine du Pin où

le Maure avait reçu le baptême des mains de son vainqueur. Ses armes suspendues en trophées avaient été respectées par le voyageur ; sa cuirasse étincelait aux derniers rayons du soleil, et marquait, par une lueur éclatante, l'endroit où était tombé le noble Chevalier : — Bon maître de Calatrava, dit la Reine, on assure que nul Chevalier ne vous a résisté plus long-temps, et qu'il vous fit trois fortes blessures.

— Trois fortes blessures, Madame! que je me rappellerai long-temps, répondit le Grand-Maître, en montrant son écu, sur lequel était peinte une large croix rouge, dont l'émail avait été enlevé par de puissans coups de lance. Ce Maure est devenu bon chrétien, mais il a bien endommagé la croix qu'il a été obligé de baiser à sa dernière heure!... Oh! Madame, ne me parlez point de ce combat où je fus vainqueur et où mon cœur

demeura vaincu. Albayaldos était noble et
courtois Chevalier ; et il voulut venger
fièrement son cousin, que j'avais tué quelques jours auparavant. Mais, son cheval!
Madame; oh ! la belle et noble créature.

Oui, Madame, oui, cette bête avait un
cœur loyal comme celui de son maître.
Et en disant ces mots, le bon Rodrigue
essuyait une larme qui coulait de ses joues
jusqu'à sa barbe noire et touffue.

— Oh ! dites-nous, Grand-Maître, l'histoire de ce combat dont on a tant parlé,
et sur lequel les Maures ont fait tant de
romances.

—Madame, ce combat fut comme les autres combats singuliers où je me suis trouvé:
de vigoureux coups de lances, et puis un
coup de lance plus fort que les autres,
après lequel le sang coule ; et puis un
noble Chevalier qui tombe sans vous demander merci, vous regardant avec un
œil de feu quand vous avez levé sa

visière. La victoire en ces jeux-là est quelquefois bien triste !... et le bon Chevalier
disait ces mots avec tant de simplicité que
la Reine ne put s'empêcher de lui tendre
sa main, qu'il baisa avec un respect tout
à la fois grave et touchant.

—Eh bien ! Madame, continua D. Rodrigue, j'ai été prier sur la fosse d'Albayaldos ; mais j'aurais voulu pouvoir prier
pour l'âme de son bon cheval, car en vérité
il avait une âme comme peu de Chrétiens.

Pour venir me défier, Mehemet Bey
avait emprunté à son cousin ce noble
animal. Quand je les vis venir tous les deux
dans la Vega, je dis : Voici un cheval plus
courageux encore que Mehemet ; il galo-
pait comme en un tournoi, quand re-
tentissent les anafiles et les hautbois ; je
donnai un fort coup de lance à son maître, qui tomba mort en reniant le Christ.
Ici le Grand-Maître fit le signe de la croix,
et il fut imité par la Reine et les Cheva-

liers. Je pris le cheval d'Albayaldos, et l'emmenai avec moi. Lorsque je le montais
dans la plaine, il sentait bien qu'il appartenait à qui le saurait conduire ; il
était courageux et vaillant, mais toujours
triste et abattu comme un Chevalier tombé à merci.... Oui, abattu comme un
Chevalier, continua le Grand-Maître en
remarquant un sourire sur les lèvres
de ceux qui l'écoutaient. — Je lui avais
donné deux esclaves Maures pour le soigner, et il hennissait toujours en voyant
leur turban et leur visage brûlé.

Enfin Albayaldos me défia, et j'emmenai
au rendez-vous son bon cheval ; le Maure
m'attendait près de la fontaine, ainsi que
Malique Alabèz ; je vins avec Don Manuel,
et pour la première fois, je vins après celui
que je devais combattre. Ces Maures nous
firent courtoisie, ils voulurent s'entretenir
avec nous avant de commencer le combat.
J'attachai le cheval à un de ces pins que

vous voyez sur la gauche; alors il commença
à hennir, à frapper la terre, menant grande
joie de ce qu'il voyait son ancien maître;
celui-ci n'osait, par courtoisie, s'approcher
du bon serviteur.

Nous parlâmes long-temps et en
Chevaliers, discourant des choses de
guerre comme d'anciens amis; moi cherchant à les convertir à notre sainte foi,
eux m'écoutant gracieusement plutôt qu'ils
n'essayaient de me contredire; d'ailleurs
Dieu voulait se faire entendre, et il était
écouté. Comme nous causions de guerre
et de religion, nous vîmes venir à nous
un autre Chevalier maure, que j'avais déjà
vu : c'était Muça, le noble frère du Roi
de Grenade, et grand ami d'Albayaldos;
il voulut concilier toutes choses et empêcher le combat; j'y consentais; mais Albayaldos fut trop fier : le sang de son
cousin fumait contre lui, comme disent
ces mécréans. Me battre ou ne point

me battre était chose qui m'était devenue
tout-à-fait indifférente : j'aime un bon
combat, j'aime la conversation des gens
courtois ; je laissai le choix au cousin de
Mehemet ; il voulut la mort... Avant
de nous élancer dans la plaine, il me demanda une seule grâce ; c'était de monter
encore son bon andalous : je la lui accor-
dai ; Albayaldos était digne d'un tel cheval ; je pris le sien... Ici le Grand – Maître s'arrêta un instant, et regarda les pins
de la Vega. Oh ! Dames et Chevaliers,
que n'avez - vous vu le noble animal !....
Son maître, ivre de joie, s'élança sur lui
comme s'il eût été sûr de la victoire. L'andalous ne se sentit pas plus tôt pressé entre
les jambes du cavalier, qu'il poussa un long
hennissement, en promenant autour de
lui des yeux ardens ; puis levant son beau
cou, il demandait des caresses à son maître ;
en d'autres instans il me regardait avec
un œil doux, comme pour me remer-

cier; puis hennissant encore, il frappait
la terre et bondissait de joie.

— Ah! quand il fallut nous battre, je
fus tenté d'épargner son maître, mais le
feu du combat m'anima : je fus blessé; mon
sang coula; je devins comme ivre de sang.
Je réservais trois coups terribles au Chevalier; ils étaient bien tous pour lui. Le
bon cheval en reçut un dans le poitrail...
Albayaldos tomba. Le sang coulait; le pauvre animal, il vint mêler son sang à celui
de son maître; il le flairait;... il levait la
tête,... et il faisait entendre un hennissement qui ressemblait à des sanglots, et
puis il me regardait encore; il me regardait avec des regards pleins de douleur.
Moi, son ancien maître! Oh! ce n'était pas
sa blessure seulement qui le faisait bramer...
Éloignons-nous, Madame, je vous en prie.

Et le Grand-Maître essuyait ses yeux, en
chevauchant dans la plaine plus vite que le
reste de la cavalcade: s'il s'était retourné

en cet instant, il aurait vu que la Reine et ceux qui l'accompagnaient étaient presque aussi vivement émus que lui.

On marcha alors en silence dans la Vega jusqu'à Santa-Fé, et l'on était déjà dans le premier retranchement formé par les toiles peintes, quand on vit accourir au grand galop un Chevalier Maure : on crut que c'était un parlementaire, et l'on s'arrêta pour l'écouter; mais il se tenait immobile à quelque distance, provoquant les Chevaliers Arragonais et Castillans : ces sortes de défis n'étaient point rares; celui du jeune Maure fut écouté.

La richesse de ses vêtemens faisait assez connaître qu'il était un des Chevaliers de Grenade les plus distingués. Il portait sur un pourpoint d'arme une riche cotte-de-mailles, et sur la cotte-de-mailles une fine cuirasse doublée en velours vert; par-dessus on voyait une espèce de jupon de même étoffe, brodé d'or et couvert d'un chif-

fre en lettres arabes. Sa coiffure, formant
à la fois un casque et un turban, était verte
et brodée de palmes d'or ; il portait une
targe fabriquée dans le royaume de Fez ;
et sur cette espèce de bouclier on voyait
un large ruban vert, sur lequel était représenté la main d'une jeune fille pressant
un cœur, d'où s'échappaient des gouttes
de sang, et la devise disait : *Il mériterait
mieux !*

Sa visière était baissée et il ne la leva
pas, mais d'une voix forte et que la belle
Génoise eut bientôt reconnue, il appela
les Chevaliers de la suite de la Reine et
chaque nom qui retentissait jusques au
camp, faisait tressaillir Dorothée.

— Quel est le Chevalier, disait-il en bon
castillan, assez courageux pour se battre
avec moi et donner à sa Reine le noble
spectacle d'un combat...?

—Qu'un seul sorte ,... que deux sortent

aussi;... je n'en crains pas trois, quatre peuvent venir...

— Comte de Cabra, expérimenté en la guerre, sors, je t'attends; — je t'attends, Gonçalo Fernandez, surnommé de Cordoue; — Martin Galindo, le valeureux soldat, tu peux venir, ainsi que Puerto Carrero; — ainsi que Don Manuel, qu'on appelle Ponce de Leon.... Et après avoir prononcé ces grands noms, le Maure s'arrêta, contenant son fougueux cheval, et se tenant immobile comme la statue qu'on voyait alors aux portes de Séville.

Et les Chevaliers chrétiens se rapprochant de la Reine, demandaient qu'elle fît choix de l'un d'eux pour aller combattre l'audacieux qui venait ainsi braver tout le camp.

Isabelle allait désigner Puerto Carrero, quand s'avança un des plus nouveaux Chevaliers de l'armée: c'était, comme disent les chroniques, un jeune homme plein d'ardeur

gaillarde et d'intrépidité; fort confiant en
lui-même, joyeux de se sentir ferme sur
son cheval et d'avoir un bras vigoureux.
Il parla de son père; car il ne pouvait encore parler de lui-même, et il parla avec
tant de véhémence, que les anciens Chevaliers cessèrent leur demande, et que la
Reine n'osa le refuser. Il l'emporta donc,
et son regard de feu semblait lui promet-
tre la victoire, quand il passa fièrement
près de Colomb avec lequel il aimait habituellement à s'entretenir d'audacieuses
aventures.

— Ojeda, Ojeda, lui dit le Génois, vous
êtes bien jeune pour combattre un tel
champion. Colomb avait reconnu le Maure
à sa voix et surtout à sa contenance pleine
de fierté; mais quoiqu'il l'appuyât de quelques sages conseils, son avis fut dédaigné.
Ojeda s'élança sur un jeune cheval aussi fougueux que lui, et après avoir baisé
respectueusement un Crucifix que lui pré-

senta le moine Riquesa de Badajoz, il s'é-
lança dans la Vega vers le Maure qui ne
daigna pas avancer et demeura toujours
immobile.

— J'aurais pu enseigner une oraison
infaillible à ce jeune fou, dit Colomb à
Dorothée, mais bien qu'il ne soit point
Chrétien, celui qu'il doit combattre a des
droits à mon estime et à ma reconnaissance.
C'est un homme de courage, noble en sa
foi quoiqu'elle soit fausse.

En ce moment la voix du Maure se fit
encore entendre dans la plaine.—Ponce de
Leon, Puerto Carrero, pourquoi envoyez-
vous un si jeune Chevalier à la mort?

— Sainte Vierge! dit la Reine, ce Grena-
din est bien audacieux; Dames, Chevaliers
et Religieux, priez pour le Chrétien, et tout
le monde se rassembla autour d'Isabelle
murmurant des oraisons. Le combat avait
commencé.

Le jeune Espagnol s'était d'abord arrêté

à quelque distance de son adversaire,
croyant qu'il allait lui adresser ces paroles
courtoises, qui, chez les Maures, précé-
daient toujours le combat.

Mais aucunes paroles ne lui étaient par-
venues, si ce n'est ce terrible arrêt de mort
que l'infidèle avait proclamé dans la Vega.
Ojeda était venu avec ardeur et néanmoins
sans colère. Ce fut avec fureur qu'il porta
les premiers coups, et d'abord cet élan
impétueux le servit. Il frappa de trois coups
de lance son adversaire, de trois coups
qui firent étinceler sa cuirasse, et dont le
bruit retentit jusque dans le camp.

— Bon coup de lance, bon coup de
lance, s'écria le Grand-Maître. — Il vaut
son père, s'écria Ponce de Léon.

— Et la Reine dit, Il est bien jeune,
mais il est fort ; que Dieu lui soit en aide !
Saint Jacques intercédez pour lui.

Dorothée avait commencé une oraison,
était-elle pour le Chrétien, était-elle pour

le Maure? les trois coups de lance la firent pâlir et tressaillir à la fois.

Et comme les deux Chevaliers avaient repris carrière, Don Manuel s'écria : — Redoublez vos prières, le coup de lance du Maure sera rude au Chrétien. Quiconque eût regardé les yeux de Dorothée les eût vus briller d'une ardeur moins triste et plus vive.

Et maintenant la poussière s'est élevée au-dessus des guerriers, ou ne voit plus rien hormis la lueur des armures et le sillon lumineux du sabre qui se lève et qui tombe, car Don Manuel l'a deviné, le coup a été terrible, les lances sont brisées ; et bientôt l'épée du Maure s'est brisée aussi, sans que le sang ait coulé. — Il fuit, dit la Reine ; — ce Maure ne saurait fuir, Dieu soit en aide au Chrétien, s'écrie Ponce de Leon, et en effet le cheval d'Ismael avait fait quelques bonds dans la plaine, loin du lieu du combat ; mais les

regards purent suivre à peine la trace de
lumière de sa cuirasse, tant sa course contre son adversaire fut ensuite rapide. L'on
ne distingua qu'un mouvement terrible de
tout son corps ; il venait de lancer contre
le cheval d'Ojeda son large étrier tranchant, et il avait essayé de frapper le cavalier de sa dague.

Mais ce coup de l'étrier tranchant n'eut
pas tout le résultat qu'en attendait le
Maure. Le cheval du Chrétien se sentant
blessé, se cabra avec vigueur, puis il bondit dans la Vega avec son cavalier, comme
un jeune chevreau qui se joue en élans ca-
pricieux, et pendant quelque temps Ojeda
eut peine à le contenir ; tout-à-coup il sembla que la douleur de l'animal fut devenue
furieuse ; il venait de se cabrer de nouveau
en hennissant, il s'arrêta un instant, puis il
partit comme une flèche lancée par l'ar-
balète : mais le sabre d'Ojeda fut écarté
habilement par le Maure, tout le choc fut

pour le Chrétien, et dans ce choc retentissant l'ardeur du bon cheval s'éteignit, son sang coulait en abondance. Il roidit les jarrets et fléchit. Un nouveau choc de Kaïzar renversa Ojeda.

Et en ce moment la Reine, qui avait suivi tous les mouvemens des combattans, s'écria : —Dames, priez et priez avec un cœur fervent, si vous ne voulez voir mourir un Chrétien. Oh ! sera-t-il sans pitié pour un si jeune Chevalier, et elle parlait ainsi, parceque le Maure tenant sa dague à la main s'était déjà élancé sur Ojeda ; mais le Chrétien s'était relevé d'un bond furieux tenant aussi sa dague, et Dorothée, qui avait rougi en pensant que le Maure serait sans générosité, pâlit tout-à-coup en pensant qu'une forte dague de Tolède donnait une prompte mort ; et elle avait les deux mains jointes et serrées par l'angoisse ; car les deux dagues frappaient par intervalles la cuirasse des combattans cherchant à creuser le fer et, comme disent les Arabes, à boire le sang. Une fois seulement le sang coula, mais faiblement, et c'était le Maure qui le répandait.

Les lèvres pâles de Dorothée étaient tremblantes, et au milieu de ce tremblement d'angoisse, elle articulait des mots sans suite; ses mains se levaient vers le Ciel avec une inexprimable douleur; ses yeux ne regardaient plus le combat; et tout-à-coup il y eut un grand choc retentissant de l'acier contre l'acier. Et la Reine s'écria de nouveau : — Sera-t-il sans pitié pour ce jeune Chrétien! et l'on entendit aussi *Allah Akbar* avec le bruit de l'acier.

Dorothée regarda alors; le Chrétien était sous le Maure; et se penchant avec inquiétude sur le cou de son cheval, elle s'écria, comme la Reine : Sera - t - il sans pitié pour un si jeune Chrétien!... Puis tout - à - coup elle se cacha le visage de ses deux mains. La Latina l'observait de son œil froid et sec lorsque les Chevaliers qui entouraient la Reine s'écrièrent: — Il lui fait merci, Mesdames, il lui fait merci, sans cela il lui eût déjà poussé la dague sous la cuirasse ; et en effet ils avaient à peine achevé de parler, qu'on vit le Maure relever le Chrétien, et en ce moment Ponce de Leon dit en s'adressant à Dorothée : —Prenez garde, ma très belle Dame, vous allez tomber pendant que ce Chevalier se relève. Heureux champion pour qui prie une si belle bouche! J'irais volontiers dans la Vega contre tous les Maures de Grenade si je devais voir à mon retour telle pâleur sur le visage des Dames.

— A Chrétien combattant pour la foi du Christ, prière de chrétienne, dit Dorothée avec une simplicité un peu sévère, et qui fit changer tout-à-coup de propos le Chevalier; et elle était redevenue calme, et la Latina elle-même ne la regardait plus de cet œil orgueilleux qui croit lire dans les cœurs.

— Dames et Chevaliers, dit Isabelle, ce Maure a un courage de Chrétien, j'aurai pour lui une parole de Reine. Qu'un d'entre vous aille le lui dire ; il peut en toute occasion s'adresser à la Reine de Castille. Aujourd'hui ou plus tard ce qu'il demandera lui sera accordé, et mon royal époux sera caution de ma promesse ! Ah ! si, comme quelques uns des Abencerrages, il voulait se faire Chrétien! Allez le lui demander, Grand-Maître. S'il le faut, nous lui enverrons nos théologiens pour le convertir. Cependant, Musulman ou Chrétien, ma parole est à lui.

— La Reine a raison, dit Gonçalve, il est trop bon Chevalier pour demeurer féal du démon.

Dorothée, qui jusqu'alors n'avait point parlé, rompit alors le silence et dit : —

Oh ! Madame, les Maures sont bien entêtés de leur fausse religion. Celui-ci, j'en suis sûre, est aussi orgueilleux qu'il est brave; et un soupir s'échappa de son sein, quoiqu'elle eût fait un effort sur elle-même pour parler ainsi d'Ismael.

— Vous n'êtes pas, Dorothée, comme la plupart des Dames de notre Cour, qui s'intéressent vivement à ces Chevaliers Maures, et qui disent plus d'un rosaire pour leur conversion.

— Peut-on prier pour eux, Madame ? dit en rougissant Dorothée. Peut-on prier pour ces infidèles ? Et l'on eût dit que cette idée, que la prière en faveur des Maures n'était pas un crime, la soulageait d'une peine extrême et lui donnait un espoir inconnu.

— Les théologiens ne sont pas d'accord sur ce point, mais les cœurs qui professent une véritable charité peuvent l'être. Au surplus, ma fille, la clémence

avant la rigueur. Ils ne veulent que la rigueur, ajouta-t-elle avec un sentiment de
secrète angoisse qu'elle ne put cacher;
Torquemada et Mendoze ne veulent pour
ces infidèles que des bûchers. Oh ! mon
Dieu... s'ils pouvaient se convertir! Hélas!
ma fille, continua-t-elle, que Dieu fasse
miséricorde à eux et à moi, qui vais devenir leur souveraine et l'arbitre de leur
destinée.

— Madame, dit Colomb, ces infidèles
aux portes de la chrétienté sont bien cou-
pables, car les vérités de notre sainte religion leur sont révélées, et, s'ils ne les
acceptent point, c'est par une volonté
obstinée, procédant de la malice du démon. Mais la prière est toujours salutaire,
moi je réciterai ma bonne oraison en faveur
de ce jeune Maure, qui pense comme
un infidèle, mais qui agit en Chrétien.

Pendant qu'on tenait de semblables
discours dans l'enceinte de *Santa-Fé*, le

Grand-Maître de Calatrava s'était mis
en devoir d'exécuter les ordres de la
Reine. Il s'était élancé dans la plaine, et
avait joint promptement le jeune Maure,
qui était remonté sur son cheval, et qui
caracolait dans la Vega, attendant sans
doute que quelques uns des Chevaliers
qu'il avait provoqués vinssent sur le champ
de bataille.

Quand il aperçut Don Rodrigue, il vint
à lui, et lui adressa un salut tout à la fois
plein de grâce et de dignité.

— Seigneur Grand-Maître, lui dit-il,
me feriez-vous l'honneur que vous avez
fait au noble Albayaldos? Mourir de votre
main et sous ces murs, ce serait chose
glorieuse pour un homme qui aime mieux
l'honneur que la vie. Dans ce cas, vous
me feriez donner une lance.

— Laissons là, dit le vénérable Grand-
Maître, laissons là les jeux de la lance et
de l'épée. Nul ne peut douter de votre

courage, jeune homme; nul, je pense,
ajouta-t-il en souriant, ne peut croire que
j'aie refusé un défi. Je suis venu pour vous
parler de la part de ma Dame et Souveraine, la Reine de Castille, et de choses,
sans doute, auxquelles j'entends moins
qu'à donner un coup d'épée. Mais j'en sau-
rai assez sans doute pour convertir un
officier de Boabdil, et Dieu conduira ma
langue, comme il a souvent conduit mon
bras. Seigneur Maure, comme les Abencerrages et les Almoradis, voulez-vous être
Chrétien ? Écoutez les articles de notre
sainte foi; et le Grand-Maître se mit à dis-
courir longuement sur les dogmes religieux, confondant les textes sacrés, ajoutant la morale de son temps à celle de
l'Évangile, mais parlant avec une chaleur
et une conviction qui lui donnaient une
véritable d'éloquence, disant aussi, avec
franchise, que de grands avantages de rang
et de richesses suivraient ce changement

de religion, mais n'insistant pas toutefois sur cet objet, comme s'il eût craint de blesser l'honneur de celui dont il avait vu le courage.

Et quand il eut fini, le Chevalier lui dit :

— Bon Maître, comme les Abencerrages et les Almoradis, je ne veux pas être un infâme.

— Alors, dit Rodrigue d'une voix solennelle, j'ai fait mon devoir de serviteur et de Chrétien. Maure, le salut vous manque, mais la parole de la Reine de Castille vous reste.

— Et aussi, bon Chevalier, irai-je la remercier.

Et en disant ces mots, Ismael Ben Kaïzar suivit le Grand-Maître. Ils se trouvèrent en très peu de temps sous ces remparts qui entouraient Santa - Fé. Ismael se présenta d'abord devant Isabelle et la salua respectueusement, mais

sans lever sa visière, puis il vint s'incliner devant les Dames de sa suite, à la
manière de l'Orient, en mettant sa main
sur son cœur ; seulement, quand il fut
près de Dorothée, il demeura quelque
temps immobile dans cette attitude et il la
salua plus lentement que les autres, puis,
après avoir fait une inclination à tous
les Chevaliers, il partit rapidement, et
il était temps sans doute qu'il s'éloignât,
car la belle Génoise avait vu ses vêtemens
teints de sang, et un cri était sur le point
de lui échapper.

Cependant il était aisé de voir à sa dé-
marche qu'il n'était que faiblement blessé.
Les Dames le suivirent quelque temps encore des yeux, et il ne tarda pas à dispa-
raître derrière un bouquet de bois, qu'on
apercevait dans la Vega, à une demi-lieue
de Grenade. Alors elles rentrèrent dans un
assez vaste bâtiment qu'on avait construit
pour elles, à la hâte, dans l'enceinte de

Santa Fé, à peu de distance du pavillon de
la Reine, et on les entendait répéter entre
elles : —Ce Maure est homme de bon courage, et à coup sûr plus d'une Chrétienne
tiendrait à honneur d'en être servie.—Avez-
vous vu comme il porte gracieusement
l'albornoz, et comme son alfange frappait
de rudes coups sur la cuirasse du jeune Cavalier ? —Il doit faire merveilles au jeu des
cannes, à Gelves-la-Renommée. — Je voudrais savoir quelle est la belle Mauresque
qui a brodé son écharpe si bien parsemée
d'aljofar. Une belle Chrétienne l'aurait
voulu savoir aussi ; mais elle n'en dit
mot, se contentant de répéter avec ses
compagnes, que le Maure était homme de
bon courage, et que de nobles Dames le
pouvaient estimer.

Mais quand Dorothée fut rentrée
dans la chambre qui lui avait été destinée, elle demeura long-temps en silence.
Bien des pensées l'agitaient ; enfin, cepen-

dant, elle sembla faire un dernier effort pour les éloigner. Elle se leva tout-à-coup de son lit de repos, prit un théorbe et chanta d'abord quelques airs vénitiens, mais bientôt, et comme à son insu, des romances castillanes revinrent à sa mémoire, et dans ces romances castillanes il était surtout question des Maures, à la fois si braves et si courtois, qui se faisaient quelquefois Chrétiens; et, comme elle venait de terminer celle de la conversion d'Albayaldos, qui commence par ces mots : *De très mortales heridas* (1), Béatrix l'interrompit.

— Voilà, Madame, une très belle romance et fort touchante surtout, et plaise à Dieu qu'il n'en arrive pas autant au vaillant Maure qui a combattu aujourd'hui dans la Vega de Grenade !

— Béatrix, je ne sais s'il ne vaudrait pas

(1) De trois mortelles blessures.

mieux pour lui de mourir Chrétien, comme
Albayaldos, que de vivre en fausse religion, reniant chaque jour notre sainte foi,
et cependant, ajouta-t-elle en soupirant,
il est noble et vaillant.

— Pour moi, Madame, je l'ai reconnu
rien qu'à sa dextre façon de conduire un
cheval, et de saluer les Dames ; seulement
il a gagné en air de force et de gravité ce
qu'il a perdu en fraîche jeunesse des premières années. Il paraît maintenant aussi
noble cavalier qu'il était autrefois gracieux
gentilhomme. Je vous ai bien vue, Madame, sur les remparts, regardant les combattans, et j'ai pensé que c'était chose bien
cruelle que d'être obligée de faire un vœu
pour que tel Chevalier succombât. Ici
Dorothée rougit d'une manière visible,
et la malicieuse Béatrix continua en disant : Peut-être cependant y a-t-il eu
parmi les Dames Chrétiennes quelque âme
assez charitable pour réciter un *Ave* afin

que le gentil Chevalier Maure ne fût
pas tué.

— Qui vous a dit, Béatrix, que j'avais
fait une telle prière? dit Dorothée dont le
trouble allait toujours croissant.

— Le souvenir de votre oncle sauvé
chez les infidèles, reprit la suivante d'un
ton de voix plus sérieux.

— Eh bien, Béatrix, je l'avouerai, et
me pardonnent les Saints du Paradis,
j'ai prié pour un Maure, pour un homme
abominable à notre religion; mais, comme
tu viens de le dire, il avait sauvé mon oncle,
ce noble Andreas que je ne dois peut-être
plus revoir, et qui affronte sans doute
maintenant de nouveaux périls dans les déserts de l'Orient, sans avoir près de lui qui
ose le défendre. Ici elle s'arrêta un moment, et puis elle continua avec une sorte
d'exaltation douloureuse, et comme si sa
conscience avait eu besoin d'être rassurée:
—Et ce qu'il y a d'horrible, Béatrix, c'est

que j'ai fait de vains efforts pour intercé-
der en faveur du Chevalier Chrétien,... je
n'ai pu. Ma langue s'arrêtait, mon cœur
ne me parlait plus, je me suis crue maudite. Oh ! mon Dieu ! mon Dieu ! pardon-
nez-moi ! Il fallait sans doute souhaiter
qu'il mourût comme Albayaldos, pour
qu'un jour je pusse le revoir; mais maintenant, Béatrix, tout est fini pour cette
vie et pour l'autre...

Quand la Sainte-Vierge m'aura prise en
pitié, en m'appelant à elle, ce sera vainement que je le chercherai parmi les âmes
bienheureuses. Pas un Maure ne peut être
sauvé, Béatrix ; pas un seul, car sans cela
il le serait. Oh ! mon Dieu ! si j'ai péché,
il ne me faut pas d'autres tourmens ; celui-là vaut les tourmens de l'enfer ; et, en
prononçant ces derniers mots, qui expri-
maient, comme à son insu, des sentimens
si long-temps contenus, elle ne s'aperçut
point qu'elle révélait ce qu'elle osait à

peine s'avouer à elle-même ; mais peu à
peu elle reprit presque son sang-froid. Elle
parla du jeune cavalier Maure dans des
termes vagues, attribuant à la reconnaissance les paroles qui lui étaient échap-
pées.

— Madame, continua Béatrix, il a un
cœur loyal et de haut désir ; il n'est pas de
ceux qu'il faut tant abaisser en son âme,
quand on les a élevés davantage. Plus
d'une Dame Espagnole a été servie par un
Chevalier Maure, et servie loyalement ;
et Sidi Kaïzar est du nombre de ceux qui
ne méritent point de tels dédains. Oh !
Madame, quand il est venu saluer la Reine
sous les remparts de Santa-Fé, comme il
vous a regardée tristement.

— Il m'a regardée, Béatrix, comme
gens qui se disent un éternel adieu dans
ce monde et dans l'autre.

— Vous le reverrez, Madame, vous le
reverrez, et peut-être plus tôt que vous ne

le pensez. Elle allait continuer, mais elle s'aperçut que Dorothée était retombée dans sa rêverie habituelle et qu'elle ne semblait plus disposée à lui répondre. C'était l'heure du repos. Cependant on voyait encore briller une lumière dans le pavillon qu'habitait la Reine. Dorothée ordonna à Béatrix d'éteindre celle qui éclairait son appartement. — Bien différentes sont les pensées qui nous font veiller, la Reine et moi, dit-elle; mais toutes deux nous ne pouvons dormir. A coup sûr elle trouvera le repos après la victoire de nos Chevaliers... Elle ajouta à voix basse : — Je n'ai point de victoire, moi je n'ai que des remords.

Béatrix éteignit la lampe et tout demeura dans le repos.

CHAPITRE XI.

L'incendie.

Tout était livré au sommeil; un profond silence régnait dans Santa-Fé, et l'on entendait par intervalle seulement le bruit que faisaient en marchant quelques hommes d'armes, placés en sentinelles le long des remparts en toile de cette ville, qui s'était élevée dans la Vega de Grenade, à peu près comme les places fortes qu'on faisait voir de toutes parts à Catherine de Russie durant son mémorable voyage : deux soldats causaient devant la tente du Comte d'Ureña.

— Par saint Jacques, brave Diaz, ce
n'était point une mauvaise pensée qu'il
avait le Roi Don Juan, d'épouser Grenade, comme le dit la vieille romance : ce
sera nous qui ferons les noces, et sans
donner Cordoue ni Séville.

— Oui, Bustos ; mais à ces noces-là il
n'y aura, je pense, ni danses, ni festins ;
et si le Roi Chiquito était homme de courage, il viendrait nous donner une séré-
nade de la part de l'épousée.

— S'il a beaucoup de joueurs de lance
comme celui qui a jouté ce matin dans la
Vega, Diaz, je ne me soucierais pas du
Bolero.

— Oh ! à propos de ces damnés maures
et de leur musique, croiras-tu bien qu'il
y en a toujours quelques uns qui rôdent
autour de nos murailles en peintures ?

— C'est notre Reine et ses Damoiselles
qui nous amènent cette engeance maudite ;
il semble que les parfums de nos Dames

castillanes les attirent comme le miel attire les moucherons.

— Il y en a un, Diaz, que j'ai reconnu ce soir à la lueur des étoiles, et qui n'a point cessé de caracoler dans la campagne; mais si la jacque d'arme qu'il porte sous son allbornos est à l'épreuve d'un coup de lance, j'espère qu'elle ne le mettra pas à l'abri d'un bon coup d'arquebuse.

— Écoute, Bustos, si tu veux être muet comme la statue de pierre du saint Roi Ferdinand à Séville la Magnifique, je te parlerai un langage que tu comprendras aussi bien que moi. Hier, à la chute du jour, et comme j'allais prendre mon poste, j'ai vu ce Cavalier maure sortir du petit bouquet de bois qu'on aperçoit à quelque distance dans la Vega; j'ai cru que c'était un parlementaire comme nous en voyons tant depuis quelques jours.

— Et que t'a dit ce Maure, Diaz, qui ne puisse être redit?

—Il m'a parlé bon castillan, Bustos, et, si tu le veux, je te ferai entendre sa voix argentine ; ses *pesos* (1) sont de bon or, ayant cours à Grenade, où nous devons bientôt entrer, et où il sera gai de ne pas être comme des gueux, sans un maravedis en l'escarcelle ; et vois-tu, ce Maure, il ne demande pour toute faveur, et à mon avis c'est peu de chose, il ne demande qu'à être introduit pour quelques instans dans le quartier des Dames de la Reine, au pied de cette grande maison construite en bois, qu'on a élevée dernièrement au milieu des tentes, et où ces jolis oiseaux sont enfermés comme dans une cage.

— Diaz, mieux vaut à mon avis voir Grenade certains de conserver nos têtes sur nos épaules, que d'y faire notre entrée pour essayer la potence de ces chiens de mécréans-là : il ferait beau voir un vieux

(1) Pièce de monnaie.

Chrétien serré par la corde qui aurait déjà
pendu un Maure. Le Comte de Tendilla
n'est pas facile, tu le sais; sur cet article,
je n'aurais pas plus de confiance dans le
brave Aguilar : la galanterie de ton Maure
nous ferait faire tôt ou tard une laide gri-
mace sur la place de Bivarambla... Écoute
bien ceci comme tu écouterais un frère de
Saint-François : je ne lui ai rien promis,
moi; mais s'il vient ainsi caracoler sous
nos murailles de toile goudronnée, je lui
enverrai avec cette arquebuse la permission d'aller trouver Satan en son grand feu
d'enfer; et au demeurant, tout ce que nous
pourrons faire pour lui et la décharge de
notre conscience, ce sera de boire à son
salut et à sa santé avec ses belles pièces
d'or à la marque du petit Roi... Regarde donc dans la plaine, Diaz, il me
semble voir luire une armure... Diaz allait
répondre quand ils aperçurent une fumée
assez épaisse qui sortait du pavillon même

où demeurait la Reine. Puis, quelques momens après, une grande flamme s'éleva, et plusieurs voix crièrent avec angoisse : Au feu ! au feu ! En effet le feu consumait avec une incroyable rapidité les constructions en toile et en bois de ces frêles pavillons qu'on avait élevés en quelques jours.

On eût dit, dans l'obscurité profonde qui régnait alors, que c'étaient des pyramides de flammes ; mais elles jetaient une lueur vive et s'éteignaient tout-à-coup, comme des vagues ardentes se succédant dans un champ immense, et au milieu de ce terrible spectacle s'élevaient mille cris de guerre. Les soldats avaient cru un instant que c'était une attaque imprévue des Maures ; ils s'étaient revêtus en toute hâte de leurs armures, et ils couraient vers les remparts qui commençaient à s'embraser, menaçant d'environner d'une auréole de feu cette ville d'un jour. On les voyait pas-

ser rapidement, en désordre; leurs cui-
rasses reluisaient à la lueur de l'incendie,
et l'on eût dit des hommes de feu se ruant
dans cette fournaise. Aux Maures! les en-
tendait-on répéter de toute part; courons
aux Maures! et mille cris de détresse sortaient du quartier de la Reine. Ce fut seulement au bout de quelque temps qu'on
connut le véritable sujet de l'alarme, et
qu'on s'occupa de porter du secours vers
l'endroit où l'on aurait dû s'élancer d'a-
bord. Aguilar, Ponce de Léon, Don Manuel, coururent en même temps vers la
tente d'Isabelle; mais ils trouvèrent déjà
la Princesse donnant, de concert avec le
Roi, des ordres pour que l'on pût arrêter ce grand désastre.

— Par Notre-Dame-de-Bon-Secours!
Seigneurs Chevaliers, leur dit-elle en les
voyant, il n'y a que vous ici qui puissiez
tirer du péril où elles sont les nobles Dames de ma suite. Et en effet le vaste bâ-

timent en bois où les Dames étaient réunies ne brûlait pas encore, mais il était
environné de tentes à demi consumées, et
les tourbillons de flamme menaçaient de
l'atteindre. Bientôt une assez forte brise
souffla de l'est et porta des morceaux de
toile enflammés sur cette construction.

Alarcon et le brave Aguilar tentèrent
deux fois de traverser cette ardente fournaise; mais ils furent repoussés par une
fumée épaisse qui sortait des toiles cirées,
et qui étouffait dans ses noirs tourbillons
ceux qui osaient approcher. Les Chevaliers allaient faire un dernier effort, quand
on aperçut, au milieu des décombres, un
cavalier qui passa avec une telle rapidité
qu'on pouvait à peine distinguer la forme
de son vêtement.

Il se préparait à traverser le camp;
la fumée s'opposa pendant quelque temps
à ce qu'on pût le reconnaître. Il était
aisé de voir seulement qu'il essayait de

faire franchir à son cheval la terrible enceinte, mais que le noble animal ne pouvait habituer ses regards à cette lueur sinistre. Il se cabra par trois fois en reculant
devant une nuée de rouges étincelles, alors
le cavalier s'élança à terre et courut vers
le bâtiment que l'incendie commençait à
dévorer. Au moment où plusieurs Chevaliers franchissaient de nouveau l'espace
enflammé, on en vit un qui les surpassait
en rapidité, et qui, marchant sur les dé-
bris en feu, traversa une fumée épaisse
s'échappant de l'habitation des Dames.
Et quelques momens après, un beau cheval, qui semblait éperdu au milieu de ce
camp en désordre, parut dans l'endroit
où était la Reine. Un cheval mauré! un
cheval mauré! fut le cri qu'on entendit
partout répéter, et comme si l'arrivée subite du noble coursier, qui s'était arrêté
un moment devant ceux qui le regardaient
avec tant de surprise, eût été l'indice d'une

prochaine attaque. Le duc de Cadix s'é-
lança vers les soldats, qui se réveillaient
en désordre. Gonçalve de Cordoue fit
sonner les anafiles et les trompettes, et
ils se portèrent à l'extérieur du camp, tan-
tandis qu'une partie des troupes cherchait
à se rallier autour des deux Rois.

Et, au milieu de ce bruit des armes,
du son éclatant des anafiles, du mugissement sinistre de cette mer de flamme qui
ne s'étendait plus où était la Reine, mais
qui roulait vers la Vega, on entendait quelquefois la voix d'Isabelle, s'écriant :—Qui
me rendra mes pauvres Damoiselles? No-
tre-Dame!... moi leur mère, je leur donne
la mort!... Mes Damoiselles si belles et si
vertueuses, oh! Chevaliers, qui me les
rendra? Les larmes de ceux qui l'entouraient, le bruit sourd de l'incendie, furent
pendant quelque temps la seule réponse
qu'elle obtint.

Néanmoins bien d'autres Chevaliers

joignaient leurs efforts à ceux des braves
qui s'étaient déjà élancés au plus fort
du danger. Le calme commençant à se
rétablir à l'extérieur de la ville, une foule
de soldats accouraient vers le centre ; ap-
portant de l'eau en abondance, renver-
sant à coups de hache les constructions
que l'incendie dévorait. Et bientôt, au
milieu du tumulte, mille cris de joie se
firent entendre : on venait de se rendre
complètement maître du feu. En ce moment la Reine eut aussi la joie de voir
presque toutes les Dames de sa suite
ramenées près d'elle par la plupart des
Chevaliers qui avaient bravé la mort pour
les sauver.

A l'expression de leur physionomie,
au désordre qui régnait dans leur ajuste-
ment, il était aisé de voir combien elles
avaient failli être victimes du danger. Ici
c'était une mantille à demi brûlée, dont
la belle comtesse de Tendilla essayait de

couvrir ses épaules presque nues, avant
qu'un galant cavalier eût eu l'idée de lui
offrir son manteau. Un peu plus loin, la
jeune marquise d'Uréna, enveloppée d'un
long drap blanc, ressemblait à quelque
charmant fantôme venu pour conjurer
l'incendie. Puis c'était sa sœur Dona Théo-
dora, demandant ses patins de velours, et
montrant, tout en rougissant, le plus joli
pied du monde. Près d'elle, la duchesse
d'Arana, que personne ne s'avisait de regarder, appelait à grands cris sa suivante,
pour qu'elle lui donnât un mantel, afin de
ne pas être ainsi exposée à la vue de tous
les Chevaliers. C'était encore la jolie Catherine de Luxan, ne regardant plus les
noirs décombres, mais bien le brave Chevalier aragonais qui l'avait sauvée, et qui
lui racontait comment il l'avait trouvée
évanouie, la prenant d'abord pour quelque
ange dormant au milieu des flammes, comment à grand'peine il avait pu l'emporter,

promettant de faire un pèlerinage à saint Jacques et un autre à saint Laurent; et il y avait tant de douceur dans la voix qui le remerciait, qu'il oubliait les larges brûlures dont il était couvert. On voyait aussi des jeunes filles qui appelaient leur mère, des mères qui appelaient leurs filles. On entendait encore mille cris de joie, mille cris de crainte.... Au milieu de ces Dames, qui racontaient les transes dont elles avaient été saisies, et le courage des bons Chevaliers, et l'étonnement qu'elles avaient éprouvé en voyant paraître des hommes armés devant elles, quand elles sortaient à peine du sommeil, Isabelle cherchait en vain des regards Dorothée de Bovadilla; s'étant convaincue avec douleur qu'elle n'était pas parmi les Dames qui l'entouraient, elle exprima toute la crainte dont elle se sentait saisie.

— Eh quoi! s'écria-t-elle, parmi tant de Chevaliers, pas un seul n'a songé à la sauver! Oh mon Dieu ! tant de bonté, tant de grâces, et périr si jeune!... par ma faute!... quelle horrible mort!.... Et en ce moment l'incendie semblait se ranimer pour achever de consumer la maison qu'habitait les Dames.

La Reine leva les mains au ciel, des larmes roulaient dans ses yeux, on eût dit une mère qui prie pour sa fille en danger. Et comme le vent redoublait en ravivant la flamme, elle s'écria : — Le titre de Chevalier à celui qui n'est qu'Écuyer, celui de Comté à celui qui n'est pas Comte; et, bien plus que cela, la main de cette noble Demoiselle à qui pourra la sauver. Plusieurs voix répondirent : — Il n'est besoin ni du titre de Chevalier ni du titre de Comte, besoin n'est que de votre volonté et de votre promesse pour affronter la mort, Madame; et plusieurs Chevaliers s'élançaient de nouveau dans le camp embrasé, quand d'autres cris s'élevèrent,

disant : — La voilà, la voilà!... Elle était
portée par deux Chevaliers : c'étaient Don
Rodriguez de Padilla et cet Ojeda qu'on a
déjà vu dans la Vega de Grenade. Ils dé-
posèrent leur précieux fardeau auprès de
la Reine... Quelques momens après,
on aperçut un cavalier qui marchait avec
une incroyable rapidité au milieu des décombres fumans. Il s'arrêta un moment,
jeta un regard sur la scène qui se passait
à quelque distance de lui, et puis ayant
par deux fois crié : Antar..., Antar...,
un cheval que l'épaisse fumée qui s'élevait
encore n'arrêta pas, partit avec rapidité
et vint près de lui. L'inconnu s'élança sur
le noble animal et franchit rapidement
l'espace qui le séparait de la plaine.

En ce moment tout le monde le reconnut; mille voix s'écrièrent :— Le Maure, le
Maure de la Vega! et Dorothée, qui était
revenue à elle, rougit, comme si on eût
pu lire dans son cœur, comme si toutes

les Dames qui l'entouraient avaient pu
deviner qu'un Maure occupait la pensée
d'une Chrétienne.

— Oui, oui, s'écria Don Rodriguez,
c'est un Maure, et un Maure qui va aussi
bien au feu qu'au combat. Mais cette fois
la victoire n'a pas été pour lui ; elle est à
moi et au seigneur Ojeda.

— Il me semble que mon nom aurait dû
être prononcé le premier, dit fièrement
le cavalier dont parlait Rodriguez ; car le
premier je me suis trouvé près de la Se-
ñora Dorothée de Bovadilla.

— Cela se peut, mais le Maure y est cer-
tainement pour quelque chose, reprit celui
qui avait parlé d'abord.

— Le Maure, toujours le Maure !

— Oui certes, s'il ne s'était élancé, avec
sa hache d'armes, contre cette maudite
porte qui avait résisté aux efforts de deux
Chevaliers chrétiens, et qui tomba avec
fracas sous ses coups tandis que nous

cherchions un autre passage, nous n'au-
rions pu parvenir à la galerie qui commençait à s'enflammer.

— Oui, oui, Don Rodriguez, s'écria
Ojeda, mais pour y parvenir il fallait traverser une poutre à moitié embrasée, et
de là je voyais le Seigneur maure faisant
de vains efforts au milieu des tourbillons
de flamme et de fumée, invoquant Allah
dans cette fournaise, comme s'il eût été
déjà un hôte des enfers. Au demeurant,
je ne lui veux aucun mal; il a été géné-
reux envers moi, et je suis bien aise qu'il
s'en soit tiré.

— Vous ne dites pas, Seigneur Ojeda,
que sans moi vos efforts auraient été aussi
vains que ceux du Maure. Vous portiez
un précieux fardeau, mais qui le reçut,
qui l'emporta au travers des poutres crou-
lantes, des tourbillons étouffans.

— Nobles Cavaliers, dit Dorothée, qui
était complètement revenue à elle et qui

réparait, avec les secours empressés de
ses compagnes, le désordre dans lequel
se trouvait sa toilette ; nobles Cavaliers,
j'ignore auquel de vous j'ai le plus d'obli-
gation : ma reconnaissance est égale pour
tous les deux.

— C'est ce qui ne peut être, Madame,
dit Alarcon, l'un des amis les plus dévoués
d'Ojeda ; c'est ce qui ne peut être quand
vous aurez su ce qu'a dit la Reine. Et alors
il répéta la promesse faite par Isabelle
dans un premier mouvement, et quand elle
songeait avec angoisse à la destinée épou-
vantable de celle qu'elle aimait le plus
parmi les dames de sa cour.

Mais après ces paroles imprudentes la
discussion prit un tout autre caractère.
Les deux jeunes gens réclamaient leurs
droits avec ardeur, n'écoutant ni les
promesses ni les représentations des vieux
Chevaliers. Enfin la Reine fut obligée d'in-
terposer son autorité, en disant que le

conseil serait chargé d'en délibérer. Les Dames remercièrent de nouveau ceux qui les avaient sauvées, et elles se retirèrent avec la Reine dans une partie du camp que l'incendie n'avait pu atteindre.

Ce fut seulement le lendemain de cet évènement qu'on sut que le feu avait pris dans le pavillon même de la Reine, qui tandis qu'elle disait ses heures avait laissé une bougie allumée trop près d'un drap que le vent agitait.

Dès le jour même, voyant la Reine dans un dénuement absolu de tout ce qui lui était nécessaire pour paraître convenablement devant l'armée, Gonçalve de Cordoue, qui ne laissait jamais échapper une occasion de montrer sa magnificence, envoya un message à Dona Manrique sa femme, qui résidait au château de Lorca; et la chronique rapporte que cette Dame envoya une telle quantité de linge et d'étoffes merveilleusement travaillées par elle

et par ses Dames, qu'Isabelle ne put s'empêcher de dire, en remerciant Gonçalve :

—Je crois, Comte, que l'incendie qui a
consumé mon pavillon est entré dans votre
château pour le dévaster.

Quelques jours après cet évènement, des
romances furent composées sur le désastre du camp, sur la magnificence de
Gonçalve, sur le vœu de la Reine et surtout
sur la querelle des deux Chevaliers qui
avaient sauvé une Dame de la Cour; et il
était question aussi du brave Cavalier
maure qu'on avait vu au milieu des flammes; mais la romance disait qu'à Ojeda
appartenait le prix du courage, à Don Rodriguez celui de valeureuse courtoisie. Et
cette romance était chantée dans la Vega;
elle fut bientôt chantée dans Grenade. Bien
triste fut Kaïzar quand il l'entendit; car la
romance disait que Dorothée devait choisir
entre Rodriguez et Ojeda.

CHAPITRE XII.

La croix sur l'Alhambra.

Pendant que ces faits de chevalerie se passaient dans la plaine, un homme, dont nos romanciers et nos historiens se sont comme à plaisir amusés à altérer le véritable caractère, ce Gonçalve de Cordoue, qui plus tard devait être surnommé le grand capitaine, faisait de véritables dispositions pour s'emparer de la ville ; mais il savait mieux que personne qu'une grande bataille était inutile, et que l'on pouvait combattre avec l'or et les promesses. Dans les combats il montrait une incroyable ardeur, mais il y avait aussi

quelque chose de grave et de réfléchi dans
ses plans de guerre. Hors de la bataille ce
n'était pas un guerrier impétueux, il y
avait même une sorte d'adresse habilement combinée dans ses dispositions politiques. A cette époque sa galanterie envers les Dames était toute désintéressée,
car il aimait sa femme et en était aimé;
aussi ne le voyait-on pas courir les aventures en véritable paladin de romans chevaleresques, comme on nous l'a représenté;
mais les vieux chroniqueurs rapportent
qu'une fois la Reine Isabelle étant dans une
barque, ne pouvait pas descendre faci-
lement à terre, et que les mariniers s'ap-
prêtaient à la porter sur le rivage, quand
Gonçalve, quoique richement paré, se jeta
dans l'eau et prit dans ses bras la Princesse,
qu'il porta sur la plage, trouvant que c'é-
tait un trop précieux fardeau pour le re-
mettre à d'autres qu'à un Chevalier. Tel
était l'homme à qui l'on avait confié, avec

Alarcon, une partie de l'armée Espagnole
durant les guerres qui avaient précédé le
siége, et dont il serait trop long de nous
occuper maintenant. Plus d'une fois il y
avait déployé son habileté et sa valeur ;
mais il avait su en même temps profiter
des dissentions qui régnaient entre les Rois
de Grenade, qu'on aurait pu aussi bien
appeler la Ville Malheureuse, qu'on l'a-
vait appelée la Riche Cité.

Il pensa qu'il fallait donner enfin un dé-
nouement à ce drame, plus brillant que
terrible, et il alla secrètement trouver
Boabdil plutôt en diplomate qu'en guerrier.

La guerre de Grenade ne fut donc réellement qu'un tournois où combattirent
dans la Vega quelques hardis Chevaliers
que les Dames maures regardaient du haut
de l'Alhambra, et que les chrétiennes en-
courageaient des murs de Santa-Fé. Mais
quelles joutes furent plus belles au temps
de la Chevalerie ! Pour prix, une ville

aux pompeux édifices, aux minarets dorés;
pour amphithéâtre, une montagne couverte de forêts et de neiges ; pour lieu du
combat, une vallée fleurie ; pour maîtres
du camp, l'élite des Chevaliers chrétiens ;
un Aguilar, un Ponce de Leon, un maître
de Calatrava, toujours brave et toujours
bon; Isabelle, cette Reine si belle entre les
Reines, si noble entre les Rois, couron-
nant le vainqueur, consolant le vaincu ; et,
spectateur presque inconnu, le grand
homme qui allait découvrir un monde.

Mais ces joutes pompeuses, qui char-
maient les grands et mettaient à l'abri leur
honneur, étaient le fléau des habitans de
Grenade et des campagnes, mourant de
faim quoiqu'ils fussent près de l'abondance;
haletans de soif sous un ciel brûlant et près
de mille sources limpides.

Comme ils regardaient avec angoisse les
neiges éclatantes de la Sierra-Nevada, et
leurs beaux champs que ravageaient les

troupes ennemies ! Et les grands Seigneurs
maures leur disaient de s'armer de courage
et de résignation, eux qui ne combattaient
que pour être à l'abri du nom de lâches, eux
qui envoyaient des messagers de paix aux
Rois chrétiens, tandis que, en Chevaliers
aventureux, ils s'élançaient avec joie dans
la plaine, et combattaient uniquement par
amour des jeux de la guerre ! Aussi le cor
mauresque rétentissait-il encore dans la
Vega, qu'on signait, sous la tente royale
de Santa-Fé, le lâche traité qui livrait la
dernière cité des Musulmans aux Chrétiens.

Et des hérauts furent envoyés dans
tous les quartiers de Grenade, procla-
mant que désormais la ville appartiendrait
au royaume d'Aragon et au royaume de
Castille.

Ils allèrent vers Boabdil (1) et lui dirent :

_____

(1) Son nom arabe était Abou-Abdallah.

Tu n'es plus Roi que de nom, tes Rois sont
les Rois chrétiens. Et tandis que ce prince,
sans honneur et sans honte, se soumettait
humblement, un homme sorti du peuple,
mais Roi par l'âme, s'en allait aux portes
des mosquées, criant : — Grenadins, êtes-
vous sans foi et sans courage? ne connaissez-vous pas les défilés des Alpujarras et
les volontés du Prophète.

Le dernier acte souverain du Chiquito,
fut d'imposer silence à cet homme éner-
gique; mais là s'éteignit son pouvoir. Le
lendemain,... oh! le lendemain, on le vit
sortant de la ville par une porte qui devait
se fermer pour jamais. Tel avait été son
dernier désir de Roi, et il fut accompli.
Ses Chevaliers le suivaient plus mornes que
lui, parcequ'ils avaient plus de courage.
Il marcha dans la Vega, au-devant d'un
cortége brillant qui s'avançait vers la ville.
Puis, homme sans fierté, comme il avait
été monarque sans volonté, il s'agenouilla

devant Ferdinand et Isabelle, en voulant leur baiser la main ; mais le Roi de Leon le releva en l'embrassant : et en le saluant du titre de Souverain d'Almeria.

Puis il remit les clefs de Grenade à Ferdinand, en lui disant : — Hélas ! hélas ! je vous les remets vivant, et, pour mon honneur, Roi chrétien, vous auriez dû les arracher de mes mains serrées par la mort. Il parla ainsi, car l'homme sans courage comprend tout le prix du courage quand il en a manqué.

Le Prince reçut ces clefs avec courtoisie, puis les remit à la Reine, qui les examina quelque temps, disant qu'elles étaient fort belles à voir. En effet, c'était l'ouvrage d'un des plus habiles joailliers du royaume de Grenade ;... elle les donna au Prince Jean, qui les présenta au Comte de Tendilla, au moment où elle lui disait : — Nous vous faisons Alcaïde de la belle cité de Grenade : partez, Comte. Le Roi, s'adressant également à Talavera, lui dit : — Nous vous faisons Archevêque de Grenade: partez, Seigneur Évêque. Le Roi Maure fit alors un dernier salut et s'éloigna.

Mais, par une attention qui ne peut venir que d'un cœur de femme, au moment du départ, Isabelle lui remit son jeune fils qui était depuis long-temps prisonnier des Chrétiens, et qu'elle avait fait venir à Santa-Fé, en sorte que ce Roi malheureux eut du moins les joies d'un père (1).

Le Primat des Espagnes, accompagné du nouvel Archevêque, suivit Tendilla, qui marchait avec mille hommes d'armes, au bruit des anafiles et des cimbales. Et la Reine continua avec son cortége à chevaucher dans la Vega, contemplant la cité de Grenade, d'où partaient comme des cris confus de joie et de douleur. Et comme les yeux d'Isabelle s'étaient fixés sur l'Al-

(1) Ce fait est rapporté par Bleda, chroniqueur d'une grande exactitude.

hambra, tout-à-coup une croix d'or s'é-
leva au-dessus des tours de ce grand édifice; et le soleil venant à la dorer de ses
rayons, sur un ciel orageux : ce signe éclatant, qui se montrait dans le ciel, apprit
au peuple des campagnes que, de cité
musulmane, Grenade était devenue une
cité chrétienne... Les Chevaliers qui entouraient la Reine saluaient encore la
croix de leurs acclamations, quand Christophe Colomb s'avança vers Isabelle, et
lui dit, en mettant un genou en terre :
— C'est ainsi, Reine, c'est ainsi, quand vous
le voudrez, que la croix sainte s'élèvera
au-dessus des villes du Cathay, et que les
infidèles seront convertis. Et la Reine allait lui répondre lorsqu'on vit s'avancer en
toute hâte un Cavalier maure qui s'arrêta
tout-à-coup devant le cortége. On crut
d'abord que c'était un courrier envoyé par
Tendilla, mais les Seigneurs ne tardèrent
pas à le reconnaître pour le Chevalier qui

avait combattu dans la plaine. Il ne mit pas le genou en terre, et garda la visière de son casque baissée.

—Reine, dit-il, je viens réclamer ce que vous m'avez promis, deux grâces, deux grâces à mon choix : par cette croix que vous adorez et qui s'élève maintenant sur nos tours, j'en demande une.

— Par la croix de notre cardinal Mendoça, qui brille en ce moment sur l'Alhambra, nous vous promettons, Chevalier maure, de vous octroyer votre demande tant qu'elle ne sera pas contraire à notre foi en la religion catholique.

—Je demande, dit le Chevalier, je demande à être libre, en tout temps libre comme un Chrétien; car le bruit s'est répandu dans la ville que tout Maure serait esclave.

— Soyez libre, en ce qui ne peut nuire à la religion catholique, dit la Reine ; quand vous le voudrez, notre chancelier vous délivrera un diplôme de ce privilége, qui cependant, nous l'espérons, sera le privilége de tous.

— La seconde grâce qui m'a été promise, je la demanderai plus tard; celle-ci me suffit maintenant, reprit le Cavalier. Et il promena quelques instants ses regards sur les Dames qui entouraient Isabelle; mais ils cherchèrent vainement Dorothée de Bodavilla; elle était restée au camp de Santa-Fé, plongée dans la douleur, car les deux Rois disaient, comme la romance, qu'il lui fallait choisir un époux entre ses deux sauveurs, Rodriguez et Ojeda.

CHAPITRE XIII.

Les Savans et Christophe Colomb.

Il y a une grande assemblée dans le couvent collégial de Salamanque ; à peine
la salle immense peut-elle contenir la foule
qui se presse, les moines de Saint-Étienne
occupent le centre ; à leur figure austère,
à leur regard réfléchi et pénétrant, il est
aisé de voir que de graves études les occupent ; les Bénédictins se sont rangés à gauche du grand Christ qui occupe le fond
de la salle ; leur longue robe noire à plis
soyeux, leurs vastes manches, leur couronne de cheveux, les font aisément reconnaître. Vis-à-vis d'eux se sont placés

les Dominicains au vêtement blanc et noir, à la figure triste et pensive: ils méditent déjà les secrètes tortures de l'Inquisition; puis viennent les religieux des ordres mendians, portant le cordon de saint François, laissant voir dans l'expression de leur physionomie plus de piété que d'intelligence, plus de joyeuseté que d'idées sévères. C'est le peuple des moines, peuple mendiant que le peuple chérit. Son vêtement gris est lourd et grossier. Viennent encore les mercenaires, les Carmes chaux et déchaux, les frères Mineurs, avec leur bannière rapportée du saint-Sépulcre. Au milieu, sur des sièges plus élevés, on distingue trois évêques environnés des docteurs, qu'on peut reconnaître à leur vêtement noir et à leur chaperon; on a admis néanmoins à cette assemblée de simples théologiens et quelques laïques, tels qu'Alonso de Quintinilla, contrôleur des finances de Castille; Alexandre Giraldini, le précepteur des enfans d'Isabelle et de Ferdinand, et enfin on y voit avec étonnement une femme; mais cette femme est la célèbre Beatrix Galindez, surnommée la Latina, que nous avons déjà vue, et qui a enseigné autrefois le latin à la Reine Isabelle.

Et quand la docte assemblée est rangée, quand l'œil surpris peut contempler de longues files régulières de vêtemens noirs, blancs, gris et bleus, au milieu desquels on distingue les mitres des évêques et des abbés, les bonnets carrés des docteurs, on ouvre la porte qui communique aux cours, et les étudians se précipitent en tumulte dans la portion de la salle qui leur a été réservée pour entendre un examen qu'on juge d'avance inutile, et qui excite encore plus la gaieté générale que la curiosité.

Tout ceci se passe par ordre d'Isabelle. Les religieux gardaient un profond silence, mais un murmure confus se fai-

sait entendre dans la partie qui était occupée par les écoliers. C'était des rires
étouffés, des observations savantes sur la
forme de la terre et sur la cosmographie;
on citait Pline, Hérodote et Strabon; puis
des voix plus éclatantes montaient au-
dessus de toutes ces voix : — Le pauvre
Génois n'a jamais ouvert les Pères de l'É-
glise, disait l'un; il y aurait vu sa folie
condamnée tout au long.

— S'il n'était fou !... disait un autre. — Il
faudrait le brûler, ajoutait d'une voix douce
et charitable un jeune écolier qui voulait
entrer dans les novices de saint Dominique; il faudrait le brûler pour avoir voulu
torturer le sens des saintes Écritures.

— Allez, allez, reprenait un autre, il est
encore plus ignorant qu'il n'est fou; on l'a
bien vu en Portugal. Lactance ne lui est
pas plus connu que s'il n'avait jamais
écrit.

Et tout-à-coup le murmure augmenta;

il se répandit dans toute l'assemblée comme ce mugissement qu'on entend quelquefois dans les forêts, et qui bruit lentement avant que tout rentre dans le silence.

On ne parla plus, un seul homme parla; ses premières paroles furent une prière. Colomb était en présence des Évêques, et on allait l'interroger; et quand le pauvre marin de Gênes se fut adressé à Dieu, il se sentit ferme, plein de confiance; il porta des regards à la fois modestes et assurés sur toute l'assemblée; et un seul murmure ne se fit plus entendre : il y a des regards qui imposent le silence.

Bientôt ce silence fut interrompu par un bruit lent et vague, mais il n'avait rien d'offensant : c'étaient les docteurs qui s'offraient mutuellement d'adresser les premières paroles à l'étranger; enfin cet honneur fut déféré au plus ancien.

Et il dit d'une voix faible et cassée que l'orgueil semblait quelquefois rani-

mer :—Le souverain d'Aragon et notre gracieuse maîtresse la Reine de Castille nous
ont ordonné de vous interroger. Puis il
fit une pause légère.

— En toutes choses, continua-t-il, les
anciens sont nos maîtres, comme les Pères
de l'Église sont nos guides ; Seigneur Génois, il faudrait bien les connaître avant
de chercher à répondre à cette docte assemblée, qui vous écoutera cependant,
puisque telle est la volonté de la Reine ; et,
avant tout, savez-vous quelle est l'opinion
des auteurs sur ces antipodes que vous pré-
tendez aller découvrir ? et où les hommes,
comme le dit si plaisamment Lactance,
marcheraient la tête renversée ? Pour
moi, sans croire, avec Pindare, que passé
Cadix, la mer ne peut être traversée par
les hommes, je m'en tiens à l'opinion de
saint Augustin ; et ici je citerai le texte,
continua-t-il d'une voix plus grave, et
comme si dès les premiers momens de la

discussion il portait le dernier coup au
système de l'étranger.

« Ce n'est point une chose croyable qu'il
y ait des antipodes, c'est-à-dire des hommes qui habitent de l'autre côté de la terre
en cette région, où le soleil se lève quand
il se couche dans celle que nous habitons,
et où leurs pas seraient opposés aux nôtres.
Les savans ne l'affirment pas parcequ'ils
en ont eu une révélation certaine, mais
bien par des discours que leur inspire la
philosophie. Selon eux, la terre étant au
milieu du monde, environnée de toute
part et couverte entièrement par le ciel,
nécessairement le lieu le plus bas doit être
celui qui est le plus au milieu du monde.»
C'est celui que nous habitons...

Le docteur s'arrêta, et un murmure ap-
probateur se fit entendre long-temps après
qu'il fut assis.

Avec la contenance d'un homme qui
se sent fort de sa conviction, Colomb at-

tendit que le bruit eut cessé; il prononça
encore à voix basse une courte oraison, et
quand un profond silence se fut rétabli
dans l'assemblée, il dit d'une voix assurée :

— Seigneurs Évêques, révérends docteurs
et abbés, saint Augustin a dit encore d'autres paroles, et je les rappellerai :

«La sainte Écriture n'erre jamais, et elle
ne peut tromper; ses vérités sont aussi
bien prouvées par ce qu'elle dit des choses
passées que par ce qu'on a vu arriver les
choses qu'elle disait devoir avenir. Nous
le voyons. C'est une chose hors de toute
apparence, de dire que les hommes aient
pu passer de ce continent dans un monde
nouveau et traverser l'immensité de l'O-
céan; et d'ailleurs il est impossible que
les hommes aient été en ces parties-là,
puisque tous les humains descendent du
premier homme.» Vous le voyez, Docteurs,
ce Père de l'Église ne voit d'autres difficul-
tés à ce que les antipodes soient habités, que

par l'impossibilité de traverser l'immensité de l'Océan. Le grand saint Grégoire de
Naziance assurait la même chose; et, selon
lui, au-delà du détroit de Gibraltar, les flots
de la mer ne pouvaient être franchis, et
cependant Gibraltar n'était point cet
Ophir de Salomon, d'où tant de richesses
étaient rapportées pour orner les temples
du Seigneur. Nourris d'une science toute
divine, les saints-Pères ont pu négliger
les sciences de la terre... Ici il y eut des
murmures,... comme si la hardiesse des
pensées de l'orateur avait dû être ré-
primée; mais il continua bientôt, car des
murmures encourageans partirent du côté
où étaient assis les moines de Saint-
Étienne.

— Les anciens sont nos maîtres, a dit un
révérend Docteur; les anciens parleront
pour moi; j'invoquerai le témoignage de
Platon. Rappelez-vous ce que dit Critias
de ce monde plus grand que l'Asie et l'A-

frique ensemble : Il y avait, dit-il, un passage pour aller de ces îles à d'autres; et de ces autres îles on allait à la Terre-Ferme, qui était proche et environnée de la mer...

Vous avez cité les poètes profanes, les poètes profanes m'ont prédit la réussite de mes projets. Sénèque le tragique l'a dit :

> Venient annis
> Sæcula seris quibus Oceanus
> Vincula rerum laxet, et ingens
> Pateat tellus, Tiphysque novos
> Detegat orbes...

Une voix : — *Nec sit terris ultima Thule.* C'est du nord qu'il veut parler, et vous voulez aller à l'ouest. Mais Colomb dédaigna de répondre. Il s'était exalté d'un sentiment tout poétique, il prédisait avec le poète plutôt qu'il n'essayait de convaincre.

D'autres paroles se faisaient entendre parmi les étudians.—Laissez-le parler, disait-on : il connaît les auteurs sacrés et profanes ; il les connaît aussi bien que le Docteur Pedro martyr de Angleria.

— Quel dommage, disait un autre, qu'il ne parle pas le pur castillan !

— On le comprend par ses regards, répondait son voisin.

Et en effet le Génois n'abaissait plus ses yeux ; il les promenait avec une noble assurance sur l'assemblée.

— Les profanes ne sont rien, ajouta-t-il, et les prophètes sont tout. Ils m'ont dit d'aller chercher un monde, selon les paroles d'Isaïe, sur les ailes des navires qui vont de l'autre côté d'Éthiopie. Rappelez-vous encore ces paroles saintes : « Ceux qui échapperont d'Israel iront fort loin à Tharsis et en des îles éloignées où ils convertiront au Seigneur diverses nations.» Abdias est plus clair encore, ajouta-t-il avec enthousiasme :

« A la transmigration de cette armée

des enfans d'Israel, qui sont les Cana-
néens, jusqu'à Zarphat ou la France ;... la
transmigration de Jérusalem, qui est Sapharad ou l'Espagne,... possèdera par héri-
tage les cités du midi, et ceux qui cher-
chent la rédemption monteront au mont
de Sion, pour juger le mont d'Ésaü, et le
royaume sera pour le Seigneur. »

D'ailleurs, je le répète à vous, Évêques
et Docteurs, tout n'est-il pas possible à
celui qui a dit : Le ciel me sert de siège,
et la terre d'escabeau pour mes pieds.

— Ceci du moins est chrétien, dit d'une
voix aigre et cassée la vieille femme dont
nous avons parlé, la seule femme qui se
trouvât dans l'assemblée. Elle était au milieu des docteurs et portait un vêtement
noir peu différent pour la forme de celui
des théologiens. Son aspect était austère ;
son regard avait à la fois quelque chose de
perçant et de hautain. Toutefois, re-
nommée par son savoir et par ses ver-

tus., les Docteurs réclamaient souvent
ses avis dans les questions les plus épi-
neuses. Il était aisé de voir que les doutes
manifestés par Colomb, relativement à la
science des Pères de l'Eglise, l'avait vivement blessée. Elle s'empressa d'émettre son
opinion en ajoutant : —Nous pensons, avec
Théodoret, et d'après l'interprétation des
Septante, que Tharsis est en Afrique, et l'A-
frique ne nous est que trop connue. Asion-
gaber, d'où l'on partait, est le port d'une cité
d'Idumée, fondée sur le détroit où la mer
Rouge se joint avec le grand Océan; et quant
à Sapharad, saint Jérôme interprète ce mot
par Bosphore ou détroit. Je sais que d'autres allèguent la paraphrase Chaldaïque,
qui veut que ce mot signifie l'Espagne ;
mais, encore un coup, Génois, répondez
à Lactance et à sa question des antipodes;
s'il y a des hommes au-dessous de nous,
ils ne sont pas fils d'Adam ; et vous devenez
hérétique, ajouta-t-elle d'un ton de voix

plus élevé ; et ces derniers mots, prononcés dans le silence solennel d'une assemblée nombreuse, au moment où l'on fondait l'Inquisition, glacèrent tous les cœurs.

Le mot hérétique retentit dans l'assemblée comme un pétillement de flamme.

Mais Colomb se contenta de dire les paroles de Salomon.

— « O Père! ta providence gouverne et maintient un bois fragile, lui donnant un chemin assuré sur la mer et au milieu des ondes bondissantes, pour montrer que tu pourrais sauver l'homme de tout péril, de tout naufrage, quand bien même il serait sans navire, jeté au milieu de la mer. »

— Il a la foi! s'écrièrent les moines de Saint - Étienne; il a la science; que demandez-vous de plus?

— Que le Seigneur Génois, dit d'une voix ironique l'Évêque Fonseca, soit au moins d'accord avec Aristote, le maître en toutes choses, le docte précepteur du grand Alexandre. Si Messer Colombo l'avait lu, il saurait qu'avant d'avoir à redouter les feux de la terre, il aurait à craindre les feux du ciel, qui, sous la zone torride, s'opposent à ce que les hommes puissent vivre. Le grand Pline est de cet avis. Il est vrai, ajouta l'orateur d'un air moitié plaisant moitié sérieux, que les voyageurs peuvent compter aux antipodes sur ces jets d'eau qui, selon Lactance, doivent s'élancer comme la pluie nous vient du ciel. .

Mais les argumens de Lactance n'avaient plus qu'une faible influence sur l'assemblée. Colomb n'eut pas de peine à combattre Aristote. Il cita rapidement les voyageurs modernes, invoqua surtout ce Marco Paulo dont les étonnans voyages avaient excité son génie; et dominé, comme à son insu, par cet esprit religieux qui était devenu le mobile de toutes ses actions, il mêlait encore une foule de passages des livres sacrés aux citations qu'il faisait des voyageurs.

Mille objections lui étaient adressées, et il y répondait avec une incroyable présence d'esprit. Mais parmi ceux qui l'interrogeaient, un moine de saint Dominique surtout parlait en sa faveur ; c'était le loyal Deza, qui fut depuis archevêque. Encouragé par ce suffrage, animé à la fois par son génie et par la religion, Colomb finit par subjuguer les esprits. C'était parmi ces jeunes clercs qui étaient venus pour se divertir de ses projets, qu'il avait en ce moment des approbateurs. On entendait répéter de toutes parts :—Il possède les sciences divines et humaines. — Les docteurs ne savent plus que lui objecter. — S'il est aussi bon marin qu'il est homme savant, les deux Rois peuvent lui confier leurs caravelles.

—Sainte-Vierge! venez-vous d'entendre

comme il a répondu au Docteur Bernaldez; le pauvre homme est devenu muet comme la statue de pierre du grand saint Jacques.

— Bien rétorqué, disaient les uns.

— Bon! les Bénédictins n'osent plus parler.

— Ah! que n'ai-je la tête sous ce chaperon! il me semble qu'il y a encore bien des choses à lui objecter. — Tenez, tenez, voici qu'ils terminent la séance parcequ'ils sont au bout de leur science. Et en effet les divers ordres de moines s'étaient levés de leurs bancs et défilaient lentement les uns à la suite des autres, sans qu'il fût possible de démêler, à travers leur grave contenance, s'ils étaient convaincus ou s'ils persistaient dans leur incrédulité.

Et cependant il avait été décidé que Colomb se présenterait devant le conseil des deux Rois; que ses projets étaient dignes de quelque attention.

CHAPITRE XIV.

L'Amiral.

Colomb s'en allait sur une mule vers Palos, et il s'en allait cent fois plus tristement encore que quand il était venu de ce port vers la ville de Cordoue. Examiné par le conseil après l'avoir été par les savans, on lui avait tout accordé, hors le titre d'Amiral, et il avait dit :— Sans ce titre, rien n'est fait.... Il avait eu une heure de ces brillantes espérances qui ne luisent qu'une fois aux regards de l'homme... Un instant grand Seigneur, il n'était plus maintenant qu'un fou à projets, errant

à peu près à l'aventure, sur une mauvaise mule de louage.

Et entendez maintenant, dans ce riche
palais, la parole d'une reine : — J'y en-
gagerai plutôt les diamans de ma couronne, dit-elle. Il sera mon Amiral, puisqu'il ne peut rien faire sans ce titre. Et ces
paroles d'une femme changent la face de
l'univers.

Et quelques heures après que ces belles
paroles avaient été dites, un Page avait joint,
à deux lieues de Grenade, le pauvre voyageur, le saluant du titre d'Amiral, et le
priant de revenir au palais.

— Don Christoval Colon, avait dit Isabelle
en présence de ces Seigneurs qui enviaient
un titre à l'homme de-génie, point de
grâce faite à demi : vous serez notre Amiral de la mer Océane ; vous aurez les droits
attachés à ce titre. Vos enfans resteront
avec mon fils, avait-elle ajouté ensuite,

car la tendre mère se montrait toujours en même temps que la Reine.

Trois caravelles vous sont accordées ; les frères Pinzon de Palos vous seconderont de leur science et de leur habileté. Vous avez demandé un interprète arabe pour parler en notre nom au Roi de Zipango : celui que vous emmènerez ne vous est pas inconnu; il avait promesse d'une grâce, il a demandé celle de vous accompagner. Allez, Seigneur Amiral, allez sous la conduite du Dieu vivant; allez, avec la certitude d'avoir part à nos vœux et à nos prières.

Oh! qu'elle était noble et belle la Reine Isabelle, quand elle parlait selon son cœur!

FIN DU TOME PREMIER.

On trouve chez le même Libraire :

HISTOIRE DE LA VIE ET DES VOYAGES DE CHRIS
TOPHE COLOMB, par Washington-Irving, traduite de
l'anglais par M. Defauconpret fils; 4 vol. in-8°, papier fin
satiné, ornés de cartes géographiques coloriées.

Œuvres complètes de M. J. F. Cooper.

40 volumes in-12. PRIX : 120 fr.

PRÉCAUTION. seconde édit., 4 vol. in-12.	12 fr.
L'ESPION. seconde édit., 4 vol. in-12.	12
LES PIONNIERS. seconde édit., 4 vol. in-12.	12
LE PILOTE. seconde édit., 4 vol. in-12.	12
LIONEL LINCOLN. seconde édit., 4 vol. in-12.	12
LE DERNIER DES MOHICANS. seconde édition, 4 v. in-12.	12
LA PRAIRIE. seconde édit., 4 vol. in-12.	12
LE CORSAIRE ROUGE. seconde édit., 4 vol. in-12.	12
LE PURITAIN D'AMÉRIQUE. 4 vol. in-12.	12
LETTRES SUR LES ÉTATS-UNIS. 4 vol. in-12.	12

Romans de M. Horace Smith.

BRAMBL~~~~-HOUSE, OU CAVALIERS ET TÊTE~ 5 vol. in-12.	15
règne de Henri VIII, 5 vol.	15
ire du temps de Jacques II,	15
tirée des Annales de Jéru-	15
~ous presse. 4 vol. in-12.	12

~ichel Raymond.

~opulaire~

vol. in-12.	12
~resse.	
~ME DU PEUPLE. 4 vol.	

www.ingramcontent.com/pod-product-compliance
Lightning Source LLC
Chambersburg PA
CBHW070458030726
47503CB00004B/1088